逝者的恩泽

鲁敏 著

图书在版编目（CIP）数据

逝者的恩泽 / 鲁敏著 . -- 北京 : 中国文联出版社，2019. 3

ISBN 978-7-5190-4114-4

Ⅰ . ①逝…　Ⅱ . ①鲁…　Ⅲ . ①中篇小说—小说集—中国—当代　Ⅳ . ① I247.5

中国版本图书馆 CIP 数据核字（2019）第 042960 号

资助项目

逝者的恩泽

作　　者：鲁　敏

出 版 人：朱　庆

终 审 人：奚耀华　　复 审 人：胡　笋

责任编辑：蒋爱民　　责任校对：蔡振英

封面设计：大德文化传媒　　责任印刷：陈　晨

出版发行：中国文联出版社

地　　址：北京市朝阳区农展馆南里 10 号，100125

电　　话：010-85923066（咨询）85923000（编务）85923020（邮购）

传　　真：010-85923000（总编室），010-85923020（发行部）

网　　址：http://www.clapnet.cn　http://www.claplus.cn

E - mail：clap@clapnet.cn　jiangam@clapnet.com

印　　刷：天津画中画印刷有限公司

装　　订：天津画中画印刷有限公司

法律顾问：北京市德鸿律师事务所王振勇律师

本书如有破损、缺页、装订错误，请与本社联系调换

开　　本：787 × 1092　　1/16

字　　数：152 千字　　印 张：12

版　　次：2019 年 3 月第 1 版　　印 次：2019 年 3 月第 1 次印刷

书　　号：ISBN 978-7-5190-4114-4

定　　价：36.00 元

新文学百年书香经典编委会

（按姓氏笔画排序）

目 录

1. 如果，你可以像麻雀一样，从苏北这一带的上空飞过，你会惊奇地发现，这里的田野，现在不是绿油油的，不是黄灿灿的，也不是黑黝黝的，而是，嘿嘿，是白乎乎的啦……无边无际的大棚，白茫茫的，这家的结束了，那家的又起了，远远地瞧下去，像延绵跑动着的小野兽，像波浪起伏、银光闪闪的江河流水……但到了我们东坝这里，大地的色调似乎出现了一些犹豫与停滞，黄的、绿的、黑的、灰的，仍然占据着相当的地位。只在一些边边角角处，白色，方有

些羞羞答答的，点缀着，不成气候，不得风流，叫人看着简直有些遗憾。

从这年的秋天开始，木丹，便像是麻雀一样地，总在东坝的上空飞着……他看来看去，左思右想，被邻村里那些白茫茫的东西迷惑着，内心犹如沸水翻滚不止……

2. 有人说木丹这是开窍了。男子开窍，有二——首先呢，是开女人的窍，渴想床第之事；再者呢，是开钱的窍，晓得琢磨赚钱之道。

木丹幼年失怙，母又早亡，从十三岁起，就是一个人在东坝过活，承着众人的照应，种着父母留下的四亩地。除了每年清明到坟上磕几个头，他的全部时间都花在了他的四亩地上。或许正因一个人生活得太久，对温良日子的想头比一般的人要大一点，木丹的第一个窍，开得早些，二十出头便娶了邻村的凤子，天天儿地早早关门上床睡觉，有时想了，白天也闩上门拉下帘子要弄去了……

但对于赚钱之道，他是明显地有些钝了。就像一个娃娃，若是先会走路了，开口必定就迟。别的人，跟他差不多岁数的，前前后后都抬脚走了，到县城去，到省城去，到京城去，总之，不能够再待在东坝，出去，随便做什么……到了年底，再回来时，都是“敢叫天地换日月”的样子，发达了。

木丹呢，这时便混在他们里面，抽着人家丢过来的烟，半仰着头听他们讲外面的见识，眼神望着半空，若无其事地……既不羡也不妒，晚上回来，还是早早儿地关了门按着凤子，忙乎过一大场，倒头便打起鼾了。

知道木丹性情的人，晓得他是贪恋东坝这里的水土，不了解的，只当他是懒，是拙，便替他急，要给他寻出路，这样年纪轻轻的，不能光守着几亩田就完事啊。木丹这孩子，就算是成家立业了，东坝的老人们仍是不大放心，他们总还记着木丹父母活着时的样子呢，木丹的事，他们会一直放在心上。

——木丹，你眉眼有些文气的，做个俗和尚好吧？碰上白事了，披上袍子敲个小经儿，有烟有酒有红包，多好。

——木丹，我看你倒是要学样手艺才好，剃头，做豆腐，打井，多好的营生，农忙了丢下，农闲了拾起，替凤子挣点胭脂钱管够。（胭脂？凤子那种好肤色，哪里要用胭脂？说话的人也知道，但劝年轻人进取嘛，这样说出来才更漂亮似的。）

木丹笑眯眯地，不应也不回，谢了老人家，仍是照常过日子。唉，拿他没办法，白费心思。

3. 可这年的秋天，像是被夏雷劈过似的，哪里就通窍了，木丹真的突然开始想钱啦。他开始没日没夜地想，连凤子都顾不上压了，总是扑棱一下子，就变成只杂毛小麻雀，飞到东坝的上空，东看西看，左思右想……

这几天，他甚至已经想得很具体了，都想到了气味。

木丹，不知为何，对气味总是特别注意似的。那些从城里回来过年的家伙，一旦说起打工的情形，总会避重就轻地提到麦当劳、地铁、水幕电影、购物中心等等，总之都是些特别光鲜有趣的事情，可木丹在一边，稍稍地动动鼻子，总会闻到一些别的……凝固后把衣服僵成硬条条的水泥味，下水道里臭得起了泡泡的泔水味，仓库里铁条与原料桶的塑胶味儿。总之，木丹可以知道，每个人所做的事情，都会像小刀一样，在他们注意不到的地方，刻下细微的印记，并以气味的形式储存在他们的肌肉与皮肤之间，然后，如影随形、不紧不慢地散发出来……即使过了很久，他们换了衣裳，回到家乡，木丹总还是可以嗅出来，他们在城里，是工地上的水泥匠，是饭馆里使粗活打下手的，是化工仓库的搬运工……

木丹常常地也会闻闻自己、嗅嗅凤子，到目前为止，他都很满意。他和她，身上都是最纯粹最正宗的东坝味儿，嘿嘿，东坝的味儿，多好呀。受了潮气的柴火，在灶里点着了，那种令人着懊的呛味儿。满地乱滚的雏鸡，处处大便，不小心踩上了，类似青菜帮子的涩味，跟着脚底板四处移动。用粗盐码过的瓜条，萎黄了挂在绳子上，被苍蝇蛾子蚊子好奇地叮过，味道反倒浓郁了似的，清新而瘦弱，想到用它配着稀饭，舌下会突然渗出口水。

不过，大棚，想到那白茫茫的大棚，木丹倒有一些忧戚了，他到邻村玩儿的时候，留意过，甚至还进去待过一小会儿……那大棚，被三层的薄膜撑起来，只要天上有点太阳花儿，里面的温度就会高到二十几摄氏度，做活的人一进去就得把衣服脱得半光，男女不避。因为高度有限，得跪着，或弓着腰，要么干脆爬来爬去……尿素、杀虫剂、发酵的泥土，挣扎着的种子，汗，缺少流通的空气……这些味道混在一起，在高温里搅拌着，往鼻子耳朵眼睛里钻来钻去，每个人的脸都被熏得皱成一团……好像仅仅是这一点，这气味的障碍，让木丹有些拿不定主意，他像麻雀一样，停在半空，不知如何是好了。

4. 退了休的伊老师是我们这里顶热心顶有水平的人，听说木丹开了第二窍，要种大棚西瓜，真比他故去的父母都要高兴。

他过来替木丹算账，像在课堂给学生讲课，以无形的空气作黑板，一行又一行写得挺挺括括。

喏……我都替你打听好了。你家的四亩地，太少，要再租上个六亩，凑个整数，手笔大一点。租金嘛，每亩大约是八百块……到了高峰期，还要雇三两个小工，他们每月的工资，听说外面都是一千块的行情……这些还算是小钱，贵是贵在种子、薄膜、竹架子、电线和照明灯、肥料、杀虫剂上面，听说，每亩都要三千块左右的成本……伊老师一边说，一边注意地瞧着木丹的神情，怕把他给吓住的样子，不过，后者，眼睛一眨不眨的，只专心望着空中的黑板，像那些上课走神的学生。

伊老师索性不管了，狠下心继续往下讲：最主要的，人是要吃苦的，从大棚第一天张起来，就不能睡囫囵觉，特别是冬春之交，下雪刮风了，得守着棚子，哪里裂开一道口子，哪里掀掉一个角，寒气进去了，就全部完蛋，所有的瓜苗会在一夜之内全都冻得死光光……当然了，苦尽甘来，如果你侍弄得好，大棚会报答你的，清明一过，就让你天天儿地摘瓜、卖瓜，一直卖到中秋节……总之，我替你算过，从最高价钱的头瓜到最贱的脚瓜，每亩都会让你卖出五六千块的样子……这样，木丹，你自己看，多少可以赚一些钱的……他的手在无形的黑板上有力顿了两笔，像画了个硕大的等号，用力得把粉笔都写断了。

木丹把头侧过去，眼珠略有点斜，好像他是坐在第一组的学生，而黑板上的字，被伊老师写到第四组那边，他看不清了……

哎，木丹，看什么呢？伊老师狐疑起来，也回过头看看他身后的虚空。

没什么……只是，我刚才突然想到……我忽略掉西瓜的味道了，那大棚里，到最后，一定满是西瓜的香甜气，从清明一直到中秋……要能在那种香气里待上几个月，也是不错的吧……

这么地，木丹就此决定下来了。

伊老师高兴坏了，以为是他的一番算术起了作用，而且立竿见影呀！话音刚落，不，话音还未落呢，木丹就从善如流了！还有比这更能让人自豪的事吗？在他从木丹家返程的路上，关于木丹要租十亩地种大棚西瓜的消息，像浓郁的香料一样，飘到了东坝的每一个角落，连刚刚生下来的小羊都知道了……初生的羔羊，身上粘一层油亮的液体，两只腿打着晃，喜悦地挣扎着，发出动人心弦的第一声叫唤，温柔得像秋天的最后一丝晚风。

5. 刚进腊月，像人们曾经在邻村看过的那样，木丹的大棚竖起来了，跟突然发胖的女人似的，像模像样，到处粗粗白白，猫着腰走进去，田畦也是齐齐整整的，像是众神仙替他一行行仔细撸出来似的。大家吃惊地张开嘴巴，紧接着又小嘴不停了，问出各样好奇的问题，好像木丹与凤子两个，不仅长了三头六臂，还长了八片嘴唇，十二块舌头。

哦，你们这畦里用的是河里的淤泥呀，怪不得这样黑，这样难闻呢……最好，这样很肥的，木丹你个家伙，看不出脑子还真好使……

咦，地上这些硬硬的是什么，是地热层……通了电会发热？哎呀我的妈，真是高科技，不得了！

那么，地上还铺什么塑胶膜，太浪费了……哦，防虫，对的，虫从土起……

……

是啊，说起来，这还是东坝第一次有这样大规模的大棚呢，这大棚不只是木丹的，是东坝所有人家的。他们作势推推架子，又捅捅薄膜，有人解了衣服，夸张地嚷热，早有半大的孩子从家里翻出块缺角的温度计，举在手上等着红色的水银像该死的蜗牛一样慢慢地往上爬……

有人再回头看看木丹，才发现他瘦了一些，而凤子，也少了些水灵气——要在往年，腊月头上，正是贴秋膘的时候呢，正是睡女人的时候呢。老人们在心里欢喜地笑笑，觉得瘦下去的木丹，好像突然出息了。

6. 而呼啸的北风，说来就来了，那样地大，声音又响，像小兽在屋前屋后呜呜地哭，人人都冻得挂起了清鼻涕，拢着两只袖口贴着墙根慢慢地走——木丹的大棚里却宛若盛暑，他和凤子都热得衣衫不整了，汗水在鼻尖处汇聚起来，固执地支棱着，悬挂很久之后，才慢吞吞地滴下去，滴到淡绿柔弱的瓜蔓上，碎得无影无踪了。

总是在这样的时候，木丹会突然地失声笑出来，吸一口气，欲言又止的样子。凤子不抬头，只顾着顺藤，把主藤和副藤分开，让前者好好准备开花打朵儿，让后者知趣地趴到地下慢慢萎掉。

木丹弓着腰磨磨蹭蹭地往凤子的方向挪过去。凤子的棉毛衫，不知为何，在腋下破了一个大洞，从一个特定的角度，可以清楚地看到她的内衣——白白的小汗褂子，最鼓处有一点深色的晕，好像也已是湿透了。

他又自顾淡笑了一声，终于还是自说自话了：凤子，你要实在热，再脱一件也没事儿。看我。他一边急急忙忙地扒掉衬衫，赤裸出半身，再接着往下说。反正这大棚隔着三道薄膜呢，外面谁也瞧不见咱们。

凤子也仰头看了看，四周都是白白的一片，依稀能瞧见外面有颗发黄的小太阳似的，风一阵紧过一阵，棚内棚外，这种时节上的落差令人不安……木丹这一说，她是更加地觉得燥热了，浑身蹿着火儿，有什么东西给她拳打脚踢一番才好，可是能有什么呢？永远是这些没完没了的瓜蔓儿瓜藤儿，像乱麻这般，又像丝线那般，爱也不是烦也不是。

木丹继续往这里挪，凤子看看他略带羞涩的样子，倒是明白了。木丹这家伙一向这样，虽是两年的夫妻了，要做起那事了，他总会突然间局促起来，像苍蝇一样在四周打着转儿，不敢落脚……他这里一转，凤子终于也明白了，刚才为什么憋得难受，原来跟这“苍蝇”一样，想的是一码事儿呢。

可是，在大棚里，不太好吧……而木丹这时已经在碰她的手了，轻得像苍蝇在搓脚……

得了，就这里吧……的确，是太热了，凤子脱下毛衫，小背心褂子果真是湿透了，她低下头看自己，木丹也在盯着……

他们慢慢地、有节制地躺到地上，木丹替凤子垫上了他的外衣。身子有些放歪了，凤子的脸向一边侧去，快要躲到瓜叶里了，绿的瓜叶遮住她两只亮亮的眼了，却又衬出她汗白的身子了……木丹这下没有耐心了，也没有害羞了，他开始突然袭击，他的脚抵着一小块田畦，伸缩之间，后者很快成了一堆散土儿了……可木丹还在抵着，向下抵了，地上慢慢地倒弄个小坑来……

7. 这个晚上，木丹与凤子，真是睡得特别好了。

为了预防风雪，他们在大棚的一侧搭了个供人过夜的小棚，里面有张小床，但因为气味，是啊，因为味道不好，木丹不大愿意睡在这里，而凤子，一个人也是不行的。他们平常总是回家去睡，因此便睡得特别地不安稳，像狗一样，把耳朵贴着地面——他们是恨不能贴着屋檐，这样，一旦有个风吹草动，套上衣服就能直奔大棚了……好在，这大棚是争气的，大半个腊月下来，一次事都没出过。

不过这一天，他们倒决定就留在小棚睡了，从大棚里软绵绵地出来，浑身还冒着热气……他们甚至都不用穿上褂子了，就那样前胸贴后背的，搂着睡下去，多美。

漫漫的夜，就在他们的搂抱之中来了。很久没有这样畅快地睡凤子了，木丹的困倦像影子一样地爬上来，他耷着耳朵，当真就睡着了——反正是睡在大棚边上，不必像平日那样悬着心思了。

而今冬的第一场大雪，就在这个夜里静悄悄地来了。

东坝这里的冬天，总是这样，不下雪的时候，风就刮得像要死人一样，树啊房子啊草垛啊，都给它吹得纷乱不堪……可一旦下起雪来，怪了，风便一下子遁于无形了，只有雪，成了天地唯一的主宰，劈头盖脸地罩下来，一个时辰就叫世间换了颜色……每到下雪的晚上，人们都会睡得特别地深沉，深沉到那种地步，好像整个村子都进入静止与死亡了。

白雪便在无声中一层层地落到木丹的棚子上。开始，像精致的女人在往脸上敷粉，接着，像不精致的女人往脸上涂粉，再者，像精打细算的小漆匠了，再接着，像不要过日子的小漆匠了，拿着桶往下倒白漆了……木丹大棚的薄膜，开始吱吱地绷紧了，架子与架子间的绳子，缓慢地摩擦纠缠。有些性急的雪都开始化了，把薄膜下部用来压脚的沙包泡得软起来，以不可觉察的速度往下塌着。

而我们的木丹与凤子，还半裸着身子，凤子的前胸贴着木丹的后背，抱着，睡得像死去了一样呢。这种落雪之夜，睡眠总是像迷药一样，没人会醒得来的。

8. 伊老师是被小便憋醒的。年纪毕竟是大了，总是要小便，在冬天，这简直太麻烦了，抖抖索索地起来了，端着家伙，站得浑身冰凉，却只挤下可怜的几滴。

这个晚上，一边挤着小便，一边地，他突然觉得有些不对。外面，怎的这样静呢?

直觉像闪电一样突至，是了，一定是落雪了。再说，他有些惭愧于刚才所谓的直觉了——昨晚，他听了天气预报，似乎也提到，未来几天，有雪雨的，看来，是提前了……

小便挤完了。他重新缩回去，但在身子埋入被窝的那一个小小瞬间，他停住了。

大棚，木丹的大棚!

伊老师像年轻人一样腾地起来了，裹上棉袄，推醒脚头的老伴，又拉开了门闩，跑了出去，一家家地敲门，嘴里只喊一句“木丹的大棚，大棚要塌雪了！”有的人蒙眬而短促地应了，有的却没有声息。

脚下的雪已经很厚了，咯吱咯吱的，平常，伊老师顶爱听这个动静了，可这会儿不行，越听越急，浑身都要冒汗了……

等伊老师高一脚低一脚地跑到木丹的大棚，那连绵的白波浪前已有一些影影绰绰的人影了，个个儿地努力踮着脚，手里拿着各样救急的家伙，纷乱而有序地从棚顶上往下撸雪了。还有人从家里拿着东西陆续地来了，鼻子里闷闷地打个短促的招呼，脚下咯吱咯吱的声音响成一片……险情眼见着也就下去了。这会儿，再听听，伊老师又觉出那咯吱声的好来了。

来帮忙的大多是像他这样年纪的半号老头了，看来，小便都不好吧……再说，年纪轻的那些，又哪里会睡在东坝呢？他们都睡在县城、睡在省城、睡在京城，睡在不知哪里的异乡，不知哪里的床铺上呢……伊老师突然地想到这些，略有些伤感，更加觉得木丹这孩子有些天可怜见似的。咦，木丹人呢？他张着眼睛四处看，眉毛睫毛上都挂了雪水，有些朦胧不清。

这时分，像开玩笑似的，雪倒慢慢地小了，大家靠拢了开始说话，还有人递烟，黑里一亮一亮的。终于有人摸到小棚子里一边骂一边揪出木丹，后者匆忙地裹着件脏兮兮的军绿大衣钻了出来，两只迷迷瞪瞪的眼里略有些惊慌和后怕，看大家天神般地站成一圈，要打自己似的，倒又吸吸鼻子，有些害羞地笑起来。

有来帮忙的女人，钻到棚子里暖和身子，不知看到什么或是说了什么，在里面掐住凤子，女人们尖叫打闹起来。这在深夜里，听上去真有些不合体统，但因是刚刚经了一险，老人们也都宽容了，嘟囔着各自慢慢往家走了。

9. 那个风雪之夜过后。不知为何，木丹竟有些心思似的。晚上，他常常会跑到寒天冻地里去，蹲在东坝唯一的那块小塘前。

冬天的夜，空气清冽得叫人透不过气儿。有些未化的雪，藏在背阴的角落，像等着什么约会似的。

凤子找寻过来。为了味道？她问木丹。

她知道木丹的鼻子一向挑剔，自从吃了上次的教训，木丹现在每晚都睡在小棚里。虽有门帘隔着，大棚的味道仍是一阵一阵钻进小棚——肥料在地下沤着，旧瓜叶在上面烂着，热气又分分秒秒地蒸着，唉，不要说他，连她都是有些够了。

木丹动动鼻子，没回答。他有点说不清楚的惆怅。

他想起从前的那二十几个冬天，每年冬天的第一场雪，都是他最快活的时候，好像等了一个漫长的年份，就是为了这场白而浩荡的雪似的。雪盖住柴火堆，盖住高低不平的沟道，盖住羊圈的栅栏，盖住黑乎乎的烟囱，看到那些，木丹总高兴得要手舞足蹈，他会跑到雪地里，打着喷嚏，拚命地吸入雪的味道，天哪，雪没有任何味道！可是他总要无数次地捧起它们，贪婪地往鼻尖处涂抹……

而这次，雪怎么就差点成了祸害了？他觉得他对不住雪，人家是按时分到的，人家是约好到年底就来的，只因他伺弄起大棚瓜了，倒把相交多年的雪给撇到一边了，这算什么？为什么要跟雪对着干呢？

——这些想法，有些乱糟糟的，怪天真的，跟凤子怎么说得清楚呢？

10. 到了腊月二十之后，要忙年，这就不是一般忙了。男人们负责鱼肉鲜货、对联与喜庆，以及答应孩子的旺旺礼包、动画书或衣衫之类，有大有小，都是家中早就计划好的添置，总之，他们总要到县城里去采买花费。女人们则要蒸馒头，做糯米糕，做团子，炸肉丸子，熬花生糖，她们在灶头里忙得团团乱转，整个东坝，成了一口巨大的锅似的，各种五颜六色的味道，在田埂和河道间飘来飘去，连狗都慌乱得顾不上叫唤了，一路小跑，仰着头等着孩子赏赐骨头。

木丹与凤子的大棚，却也到了第一个要紧处：给藤打杈，留着有了花苞的藤，反之，则一刀剪掉。

木丹与凤子，原来也算是喜欢整洁的两个年轻人，这一个多月下来，倒有些邋遢相了，日日弯腰躬背，头发胡乱散着，吃食上也是随便对付，常常是炖了一大锅厚粥来，就着腌辣条分几顿吃掉。

好在瓜苗是有情意的，长得很旺，藤叶密密匝匝，映得连大棚的四壁都泛起了青色，人走在里面，总有种恍惚之感，不知今夕何夕了。

邻村有懂得的大棚老手过来看了，却说叶子太多，要打杈，要剪枝。总之，他一句话说下来，木丹与凤子又忙得半死，葱绿的藤条，是留还是剪，总让他们取舍不定，好不容易长出来的叶子，一片片都是心肝宝贝，剪下每一刀都心疼得很……偶尔直起腰来对视，两人的眼神竟都有些茫然了，这与世隔绝的苦累，这不知尽头的活计，这未卜凶吉的收成……

剪下来的绿枝蔓，还鲜美着呢，摸在手上，有点毛痒痒的刺。木丹把绿油油的废藤卷成一团，送到羊圈。

在冬季，羊是最可怜的，吃不到一口青，能喂它们的都是秋天收割下来的麦秸之类，僵硬焦黄，只在秆子的深处残存着变了味的水汁。要能吃到这大棚里刚剪下来的嫩枝叶，它们真要高兴得撒蹄子吧。

木丹把绿得刺眼的瓜藤挂到羊圈的栅栏上，老羊、小兰呆住了似的，满腹犹疑地伸过头来嗅嗅，再嗅嗅，最终却还是掉开头去，去啃那地上的旧玉米苞皮了——这可真奇怪，可真叫人生气！怎么会这样呢？难不成这羊脑袋里，还挂个口钟，还掐算着时节，知道在冬天，它们就应当啃枯草根?！

木丹百思不得其解地从羊圈往回走，嘴里怏怏不乐地含了一根瓜藤——羊不吃，他吃。经过小河塘，他又痴痴地站了下来。河塘上有一层薄冰，大约有孩子刚玩过冰漂，冰上扔的全是各种小石子及文蛤壳。河塘边一片萧杀，竹子、桑树条、向日葵桩，全都灰扑扑地站着，有种返璞归真的冷淡似的，全然不理会木丹的惆怅。

唉！唉，唉——

这大棚！

11. 有一日，木丹到镇上去买氮肥，像是什么大发现似的，一回到棚子里，就对着凤子大嚷起来：哎呀，咱们竟差点忘了，快过年了！幸亏我去得巧，那店铺老板都要打烊回家了……你快来，看我给你买了什么！

凤子凑近了一看，是两块香皂，一大瓶的海飞丝。哎呀，她哭笑不得，这就算是年货了？！

木丹笑嘻嘻的，情绪好像因为要过年而突然地高昂起来：匆匆忙忙，来不及想了。不过你瞧我们两个，像从洞里爬出来似的……等明天中午太阳好的时候，我们好好烧点水，在棚子里洗把澡，浑身香喷喷的，不比什么都强。海——飞——丝——你念念这三个字！

木丹陶醉地吸吸鼻子，像是突然走进一个充溢着香味的隧道似的，连日来的疲倦、与外世的隔膜、对大棚瓜的复杂感怀，竟淡下去不少。

木丹的大棚里可以洗澡！

这消息就像是凤子头上的海飞丝香味一样，以最小的分子、最强大的力量传播到空气里去了，混杂在那些烈火烹油的肉香里，人人都为之精神一振。是呀，洗澡，这是东坝人在过年前的最后一件大事，也是一件难事。

说了不怕外乡人见笑，在咱们东坝，没有公共浴室，各家各户里也没有取暖的新式玩意。到了冬天，不管多讲究的小媳妇，或是多有派头的村干部，洗澡这件事，总是删繁就简三秋书的，或者，干脆说吧，不仅从简，还从无了，一两个月都不洗，一直到要过年了，因要换新衣裳、换新气象，女人才会挑了有太阳的好天气，烧出几大锅水来，一大家子来轮流洗。而这种洗澡，咳，咳，怎么说呢？没说的，就是挨冻，冻得浑身鸡皮疙瘩，乃至伤风感冒……而身上的脏呢，倒没掉下多少，只不过心里面，觉着很安慰很整齐了，左邻右舍碰上了，会冲着太阳打个响亮的喷嚏，报告这个大事情：今天，我们一家子把澡给洗了。

可是！现在！木丹的大棚，二十几摄氏度呢，热烘烘的！没有一丝儿风！热水总也不会凉！可不美死人了嘛！

于是，在春节前的最后几天，木丹的大棚成了整个东坝最热闹最离奇的处所——

似乎整个东坝的老少都倾巢出动了，夹着毛巾，夹着白而新的毛衫，女人还拿着梳子和发带，孩子则抱着小板凳，老人们带着丝瓜条，这玩意儿，下脏最管用的……一开始，有些混乱，这个要进了，那里还没出来，女人半敞着怀，牵着的小孩子拖着鼻涕四处乱跑……

伊老师真是有本事，真是有魄力，他果断地站出来，替大家排次序了——到底是做数学老师的出身，他把全村的人数一统计，男女老少一分类，再除以过年前剩下的日子，不多不少，每天该着几位，男女如何搭配，安排得极为妥当，实在是妙极了。

不过，伊老师竖起一根指头，像强调一个附加题的重点与难点：我有个建议。接着，他放低声音，与打算洗澡的人们交头接耳，大家也都心领神会地点头。

于是，在约定的洗澡时间之前，他们当中有些人，会提前很多时间就到木丹的棚子里来，假装很好奇似的，看木丹与凤子做活，西瓜藤嘛，又不是第一次看到，他们很快就会上手，便自顾找一个长畦，也给藤分起杈来……木丹与凤子有些吃惊，慢慢地看出大家的用心，便拉扯起来，哪能让大家都吃这个苦呢——

也的确是吃苦呢，不过帮一两个小时的忙，人们都感到腰肢要断了似的，汗要把皮肤腌成咸肉似的，眼睛看藤都发花得要打瞌睡了。木丹与凤子越是拉，大家越是要做。他们是真没有想到，这大棚的活儿，这样吃紧，想他们两个，天天儿地一声不吭埋在里面做，十亩地呢，真是吃了大苦了。

木丹见拉不住，便拿出他最喜欢的香皂与海飞丝来，作为大家洗澡时他的招待……嘿嘿，这样，在春节来临之前，我们东坝的上空，所有湿漉漉的脑袋上，全都飘荡着木丹最喜欢的海——飞——丝——啦。

另有些婶子媳妇儿的，见插不上手，或者是怕做不好那瓜藤活计，就从家里找些吃食，点了红花绿纹的白米糕，冻好的肉团子，大捆的青蒜与白菜，连头带尾的红烧鱼，满盆满罐地往木丹的大棚里送，又怕里面温度太高，就搁在棚外的寒地里，红红绿绿的，看得木丹口水都要掉下来了。他蹲在那些吃食前大口地吸气，无限满足，对凤子说：年货不用买了，我看什么都不缺了。

伊老师最会锦上添花，他两只手恭恭敬敬地平举着，替木丹“请”来了五六个威风凛凛的武将门神，挨个儿地贴在大棚的各个入口处。风飒飒的，很难贴，花费了许多时辰才粘牢。他满意地哈着手，对木丹说：这门神会保佑你的，开了春，就开花结果卖大价钱。

果然。

年三十儿，木丹跟凤子在棚子里喝酒吃菜看电视晚会，喝到快要醉了，忽然听到凤子失声地叫起来：看，这里，开出一朵小花了。

那黄而小的花，开在大年夜，羞怯而骄傲的，一言不发，却又千言万语，木丹屏心静气地蹲在一边，听了小半夜。

12. 北风呼啸，大地冰冻。万物萧瑟，百种安眠。可木丹大棚的春天来了，特别有模有样地来了。

嫩黄色的花骨朵像痴情的女人似的，这里冒出一朵，那里绽出两棵。又像最纯洁的星星似的，在深绿的藤蔓上，天真无邪地睁着圆圆的眼……西瓜花的这种黄，刚出来，撒娇得很，胆怯地躲躲藏藏，过几天，便慢慢老练起来，骄傲得很，完全瞧不起人间烟火似的……是啊，它们真可以瞧不起人间烟火，没有风吹过，没有雨打过，那般完美无瑕、娇弱可怜，竟是像假的一样了……

而世上的事情，原本就是要这么配的——光有那些绿叶子时，大棚里好像有些平常，可叫这黄色的花儿一缀，空气都换了颜色似的……就好比是，大道上远远地走来一个男人，大家都看不见似的，若他旁边偎着个姣好的女子，便很引人注目了……

木丹喜笑颜开，嘴巴里一阵翻滚，却憋不出像样的词句。

颠倒了，真是完全颠倒了。他最终只好翻来覆去地这样感叹。

正月里，正是走家串户的好辰光，人们穿着新衣，袖着两只手，也会到木丹的棚子里转转。这里繁花似锦、生机热烈的样子也让他们张口结舌了，个个回声般地跟在木丹后面重复：颠倒了，这哪里是冬天呢？完全是阳春三月呀……完全地颠倒了……

人们一起乐观地笑起来，他们好像都长了一双能够拨冗去雾、预见未来的慧眼似的，从花便看到果子，从果子便看到钱了。

不是！跟真正的春天不一样，没有蝴蝶飞飞，没有蜜蜂嗡嗡！一个正在念书的孩子叫起来，他在书上背过春天，背得都烦死了，所以也记得特别清晰了——哪一篇春天的文章不会提到蝴蝶与蜜蜂呢？

是啊，人们个个儿恍然大悟，这花，开是开得好，可现在，没有蜂也没有蛾子，倒如何结出果子来呢。他们转过脸去盯着两个年轻人，他们分明是又瘦了一圈了。

凤子掉过头去不搭理，木丹则略有些迟疑地说：人工授粉……我们到邻村学过，要……人工授粉……

木丹这话声犹在耳呢，转眼间，瓜花们就开得很盛了，像饥渴的嘴，里面毛茸茸的，果柄长而粗，从厚厚的子房里伸出来，这是雌花。而雄花，颜色就更加地鲜艳，花冠大而开放，黄色的蕊上，花粉肥嘟嘟的，拼命地想引起蜜蜂之类的注意——现在，只能是引起木丹与凤子的注意了，还有另外两个短工。因为忙不过来，他们请了两个半大的孩子。

他们四个人，像蜜蜂嗡嗡，像蝴蝶飞飞，要赶在每天的上午，把新开的雄花一朵朵地摘下来，把花瓣外翻，露出雄蕊，然后找到那些张着小嘴的雌花，倒扣过来，在她的柱头上轻轻揉弄，像涂胭脂似的，让黄色的花粉完全地粘上去……一般一朵雄花可以涂两三朵雌花……

真好玩呢。一朵雄花，为什么得配两三朵雌花？木丹一边忙着，一边自言自语似的，却又故意地往凤子那里瞟。

凤子却虎着脸——她很不喜欢“人工授粉”这四个字，讲出来，总像是粗话似的，而做起来，动作又那样下流……而且，木丹竟会因此特别得意似的，到了晚上，也像发情了似的，倒扣到她身上，模仿着授粉的动作，揉弄着……

两个帮工到底还是孩子，因是头一次独立打零工赚钱，又是这样好玩的活计，竟十分兴奋了，他们按照木丹的要求，剪了许多小红线，亦步亦趋地跟在后面，凡是授过的雌花，都要系上一条儿作为记号——等到第二天，就要凭着这红线一一查看，如果雌花花柄开始弯曲下垂了，说明是“授上了”；反之，如若她仍然饥渴着向上或向前直伸着，则说明“没授上”，得替她重新授……

一整个上午，他们是蜜蜂，到了下午，则又成了机器人，一人背着台喷雾器，打“保果灵”。

“保果灵”是很关键的药分，关系到结瓜的质量与数量及稳定性、成活率，一步也少不得。这“保果灵”闻起来有些腥气，又有些农药气，还有点令人倒胃的甜丝丝……但看上去还不错，四根喷雾器一起劳动起来，白而发亮的水汽在大棚里一层层地弥漫着，叶子与花就全部湿漉漉的，像大雾之后的清晨……如若碰上太阳强烈的天气，简直像是升起了无数道彩虹……彩虹下面，绿的叶，黄的花，红的线，简直是人间至美之景了。

凤子捅捅木丹：味道！味道怎么样？

木丹木着张脸，喘着气忙着喷洒，想来满鼻子都是“保果灵”的味儿。他一时没有理会，或者是在想如何回答。过了好久，打完他的那一畦，他终于说话了，语气倒也不是特别地伤心：我的鼻子，怕是要坏了，现在，什么都闻不出来了……都不知道，第一个瓜结出来，我还能不能闻到它的香甜气……

13. 打了春、赤脚奔。人世间真正的春天终于傲慢地、慢吞吞地到来了，到这个时候，整个东坝也像个正在伸懒腰的人似的，快要睁开眼了。各家各户的事情也开始多了，翻地、晒种、下肥、买仔猪、捉鸡苗……一浪推着一浪，谁都躲不开，虽说春日漫长，他们却少有工夫再到木丹的大棚里瞧稀奇了。

倒是木丹，有时会从大棚里出来，窜到别人家的地里去，他也不怕冷，把鞋袜全脱了，两只脚踩到依然干硬着的泥土里，抡起大锹，用力砸起土块——休养了一个长冬的大地，外表坚实，内心温柔，木丹轻轻地一砸，它们就碎了，坦露出黑黝黝的心肠来，有些还湿漉漉的，像是含着去年的冬雪似的……木丹看得喜欢，又从人家手里抓起大把油菜籽，均匀地抛撒开去，一阵吹面略寒的春风刮过，几道飞起来的弧线之下，红而圆润的油菜籽像是极小的珍珠似的，在泥土上织出花布一样的纹路……别人看木丹这专注而痴情的样子，都发起笑来：木丹，这地，你都弄了十几年，还没弄够？这哪里比得上你的大棚？不见风不打雨的……

是啊，大棚。木丹有些恋恋不舍地，把冻得发白的脚从黑地里拔出来，又回到大棚里去了。在大棚前，他总要停下来站住，深吸一口气，然后，一个猛子，从外面的初春扎到里面的盛夏。

而这个时候的大棚，的确是怠慢不得的，就像女人临盆，进入吃紧的时候了。

授过粉之后，藤蔓上开始坐瓜了。蚕豆大了，拳头大了，小孩头那么大了……一天一个样似的。

这个期间，肥料是一周一次。木丹下了大本钱，用的是豆饼，豆饼揉碎了烂在地里，有种接近于发酵面团的味道，这让木丹很满意……他时常长久地蹲在藤蔓边，像要打盹似的迷糊过去……凤子忙得头发贴在额上，不满地过来推他，他会突然地一惊，却又露出恍惚而神秘的笑：好了，我的鼻子又好了……这豆饼，香得很……

凤子在忙着担水，这一个月，她觉得她都要把村子里郑河塘的水给挑空了……瓜藤们像是无数个吸管似的，吱溜吱溜地拼命往上抽水，是啊，要结那么多那么大的瓜呢，哪能不管它喝个饱的？可是，像父母待孩子似的，又千万不能纵容着，若水浇得过头，它又会烂根，结出来的瓜会“沤”掉，总之，这里面有个“见干见湿”的度，微妙极了，如同男人对女子表白爱意，多一点不行，少一分也不行。

伊老师是没有四时农活的，他光拿退休工资就可以过得蛮体面了。现在，也只是他才有空，每天到木丹的大棚来转转。这时节，是三月三的天气吧，得“春捂”，加上外头还有些春寒，伊老师总爱围着条藏青色的旧围巾，文绉绉地在大棚里东转西转。看到木丹跟凤子露胳膊露腿儿地忙得热火朝天、汗滴泥土，两方都会失笑起来。

伊老师看木丹累得眼睛都大了，就给他说瞎话解闷儿。

木丹，老话说，人定胜天，我还只当是说说，四时轮回，日升月落，人哪里能胜过天？但现在看到你这大棚，却觉得此话有些道理了。何止是大棚西瓜，我看，所有吃的作物或果蔬，都可以进大棚了，以后，还要分什么四季，若有本事，就用一张最大的塑胶薄膜，把所有的耕地都罩起来，哼，全天下永远四季如春，那还得了？粮食吃不掉了，要支援给埃塞俄比亚难民了吧……哈哈……伊老师不知翻的是哪年的老皇历，还惦记着非洲兄弟呢。

木丹知道伊老师是在讲玩笑话，却听得脸色凝重起来，不以为然似的，有些欲言又止。

凤子在一旁替他说了，也算是告状：伊老师，他这人，怪得很，当初兴头头要种大棚的是他，这会儿，快要忙到头了，他倒又不高兴起来，总哼哼唧唧的，不知哪里不对……

伊老师点点头：这个，我懂的，叫近乡情怯，担心瓜的成色。你不要怪他。

木丹却在一边支支吾吾地反驳着：也不是提心……我只是觉得不对，天儿还这么冷呢，人家都在下种，我这里却在摘西瓜，几百斤上万斤地摘，这个动作，这个场面，我一想起来就怕了，不踏实……

嗯？伊老师瞪起眼睛。你这孩子，脑壳进水了，我都还嫌摘得太迟呢。我昨天看省城新闻，那里的瓜现在是三块五一斤，卖得俏得很呢……你得赶早了，去抢这批头筹才是！

不几天，伊老师替木丹领来个人，他是这样介绍的：木丹啊，来，认识一下，乔……乔经济人，专门收西瓜、卖西瓜的……

哦，是瓜贩子，可木丹给经济人的名头弄得一愣，手都不知道握了。幸而那乔经济人也是庄稼汉出身，是个实在人，挑了门帘就进大棚里看光景。

这几天，瓜开始从小孩头向大人头长了，有些都长到有猪头那样大了……肥而圆，东倒西歪，慌不择地，着实很有气候了。木丹一言不发，像是有些木讷似的，只跟着乔经济人后木木地走。凤子着急地瞟瞟他，他这个时候不应该自夸几句吗？

乔经济人一副老把式的模样，蹲下来，训练有素地拍拍这个，又敲敲那个，表情专业，严肃。连伊老师也给他唬住了，有些紧张地盯着他的嘴。

还不错。到底喂的豆饼，瓜好。但水不够，特别是最后一周，水就是重量，浇上去了，就打秤了。乔经济人话不多，句句都讲到点子上似的。另外，你们要赶紧夹种点大蒜或葱头……春天来了，地下的虫子都活泛过来，这层薄膜，哪里挡得住……

那么这瓜……到底是女人，凤子按捺不住地接着问了。

一周后，我带买家放个车子来，你家的头道瓜，我全包了。

14. 离清明还有五天，木丹摘下了他的第一只瓜。

他自己去请来伊老师，又让凤子去请了东坝的几个老人。大家一起坐在大棚里，准备吃第一只瓜。

清明时刻的天气，其实也是有些热了，他把大棚掀开一角，放进一点自然风来。摆上几张凳子，把瓜切成长而薄的片片，两手举了请他们几位品尝。

哎呀，好瓜，好瓜。似乎嘴唇刚一碰到瓜汁，像最轻微最漫不经心的一个亲吻似的，他们几个就立刻赞叹起来，那叫好声，跟在戏台下专门替人叫好的托儿一样，充满激情，也充满心机。

木丹就怕这个，怕他们喊得太快，可又能说什么呢？他们是真诚的。

伊老师看出他的意思，埋下头，又仔细地吃了几口：真的，木丹，甜、沙，水分足。嗯，唯一不足的呢，是皮有些厚了……不过没关系，你反正是按重量算钱的，只要口味好就行……

几位老人也重新诚意地吃着，没牙的嘴一边努力地嚅动着，一边有些抱歉地说：唉，木丹，我们是年岁大了，舌苔又厚，对甜的东西，不大有数……但真的，活了六十多年，我还从来没有这么早吃过瓜呢……

吃掉第一个瓜，木丹和凤子开始大规模地摘了，他们在大棚的一角清出个空地来，一层层地码，很快便堆得像个小山丘了。忙了一会儿，木丹忽然想起什么似的。

刚才那老人说过……活了六十多年，他还从来没有这么早吃过瓜呢……也是，东坝有谁这么早吃过西瓜呀？这才清明不到，人们还裹着棉袄呢……

木丹心头一阵突袭的愉快，他找出担筐子，让凤子把瓜直接往筐子里装。

做什么？凤子是猜到他的心思了，却不敢相信，当真他要送人？现在可是三四块一斤！他们俩像狗一样在这大棚里爬了三个多月，好不容易才收出这第一批……

给大家尝尝呗。看看凤子的脸色，他又加上一句，你不记得了，下雪那夜，要不是他们……

其实他这话只是说给凤子听的，就是没有那一夜，他还是会送的。大家伙一起尝尝吧。东坝的第一锅大棚西瓜。

东坝好像迎来一个西瓜的民间节日。

先是孩子们，高兴得都跳起脚来，几乎奔走相告，孩子跟老人不一样，对西瓜向来是爱吃不够的，一个冬天下来，正想着有什么好吃的呢……看孩子这样，女人们也高兴了，拿出毛巾替孩子擦嘴角的口水……看孩子和女人高兴了，男人们也都笑起来。他们还笑这里面的神奇与荒诞——这种时候，吃西瓜，嘿嘿，进嘴了都会冰牙齿吧，老祖宗们哪里会想得到，他们的子孙会有这种不可思议的口福、有违常情的口福……

伊老师听到动静，或者说，闻到空气里疯狂起来的西瓜味儿，几乎是跑出了门，哎呀，这个实心眼的木丹……他想对邻居们说什么，看了看，想了想，终于还是什么都没说……

木丹每到一处，都要跟人“打架”——他要丢下两三个瓜，可男人们不肯，只要一个，并且，是跟另一户合一个。他们拉来扯去，红着脖子直嚷：心意收下了，收下了，主要是给小孩子尝尝……这样大的瓜，半个都嫌多……你当我们这样没出息的……你们那样辛苦的，出了大本钱，哪能给我们这样白吃……

等木丹走了，小孩子早扑上去，女人打开孩子的手，递给男人一片瓜，后者半信半疑、小心翼翼地咬上一口半口，就又让给女人，女人在鼻子跟前闻闻，啧啧地看几眼，就完全地塞到孩子手里……每家半只瓜一只瓜，竟会吃上很久……

就算是这样吧，木丹也足足挑了八九筐才送齐了全村，有些人家人口多的，他又悄悄地折回去，在门外再补上一两个。木丹想起来，他母亲刚去世那阵子，他早上打开门，也常常地会在门槛外发现人家送来的吃食。这样的情形，现在自己反过来做了，怎么竟还有些难为情似的？毕竟这大棚里出来的瓜，也算不上什么顶好的东西吧。而有些情谊，并不是一来一往可以回报得掉的。

送完了全村，他最后才悄悄地绕到父母的坟上，跪着，用拳头就地捶开一个，红红的瓤像血一样地流出来……

吃吧，尝尝吧。东坝最早的西瓜，一辈子吃得最早的西瓜。他叹口气，跟父母打个招呼。清明，会很忙，我就不来烧纸了……

等到重新回到大棚，木丹还真是有些累了，他躺在地上不再动了，薄膜铺着的地面，热乎乎的，像谁用温柔的手在轻轻地托住他的身子。

凤子在一边生着闷气，木丹是送出去近千把块钱呢。见木丹回来，又不想显得那样小气，便找他说话，并且，她突然想起件事来：咦，木丹，刚才……你自己还没吃瓜吧？我来切一个你尝尝？

木丹不吭声，像是要睡着了。凤子又问他，他才心不在焉地说：吃不吃都一样……我一闻就知道它是什么味儿……再说，我前几天做梦，天天都在吃瓜呢，比谁都吃得早……

可你得当真吃一口才对呀！

不了，真的，一点都不想吃……怎么看着这瓜，我就肚子胀胀的似的……

真是这样的，说了都没有人肯信，木丹就那样固执着，不肯尝一尝他大棚里出来的头一道瓜。这孩子，就是这样，在小事情上怪怪的，没办法。

15. 乔经济人带了胖胖的收瓜人来，收瓜人开了辆半新的卡车，上面已经装了一半。看样子是一路收过来的。伊老师也跟着来了，他怕木丹在价钱上吃亏。

这收瓜人显然是健谈的，大概是走南闯北的有些见识，讲话很有气势。他对木丹点点头：年轻人，脑子活呀，你们东坝，也是得换换思路了，不能总守着时辰，到点吃饭，到点睡觉，这样不行的……看人家溱西镇，人家安东镇，与时俱进，整个村子都是大棚，不仅有瓜，还有各样的果树，各样的蔬菜，青椒啊西红柿啊窝苣啊萝卜什么的，家家户户发大财……

乔经济人在一边帮着腔，点头笑。不知为何，木丹却听得有些不耐烦，他径直带了收瓜人到那小山丘前。

乔经济人突然在后面扯扯他的衣服：咦，就这些呀，十亩地呢，你不要留一手，我是跟你说好的，头道瓜我全要……

哦，全在这里了。昨天，给村里人分了一些……

伊老师连忙解释：哎呀，乔经济人，你不知道，木丹是个实心眼儿的孩子，昨天，他那一下子弄得，总有两三百斤是给大家吃了……您别多心，我亲眼看着的，大家吃个欢喜劲儿、吃个新鲜劲儿呗，您知道，东坝，从前没有长过大棚瓜……

乔经济人倒不是真的生气，他只是注意地看了木丹一眼，说不上是什么意思。

村里来了几个人一起帮着往车上拾掇瓜。收瓜人则把木丹拉到一边：怎么样？小兄弟，一块九我收了。

木丹没有数，看看伊老师。伊老师其实也是纸上谈兵，却还是壮着胆子回了一句，算是“还价”了：我看电视里，人家城里都要卖三块多呢！

饭店里，卖三块八九的也有呢！收瓜人不恼，手里不紧不慢敲着瓜。可是这一路上，从地里到城里人嘴里，你们知道要经过多少道关口？要交多少税费？还要倒着几手？哪一层不剥个几毛钱？

伊老师抿起嘴，不敢轻易开口，只得一筹莫展地掉脸看看乔经济人。

乔经济人拍拍收瓜人的肩膀，说出他的一套老话：大家让一步，大家让一步，哎，人家东坝头一个大棚，头一笔生意，把调子起得高一点……你第一家做得好了，以后不全是你的？你看东坝，现在还全都是黑地裸地呢，等全变成大棚了，我保证把业务全带给你。

他又掉过头来对着木丹和伊老师：行情我是有数的。上面的环节太多，我们这些人，其实都是嫌个小头……我看，两块钱好了，比刚才收的那家还要高五分，基本是清明瓜最好的价了……另外，木丹，我挺喜欢你这小伙子，我的中介费，你知道的，抽他两分，抽你两分，每斤我能赚四分钱……我要让你一分，只收一分。不过下不为例，你后面的瓜，是一分不能少了。

16. 后面的瓜……后面的瓜……怎么说呢？

清明后面是谷雨，谷雨后面是小满，小满后面是芒种。好像夏天慢慢儿地就快要来了似的。

因为天气开始真正暖和了起来，白天的时候，木丹就把大棚揭出几个角，他的瓜还在一批批地开花结果，仍是那样完美无缺、干干净净、撒娇般的黄……但蜜蜂蝴蝶呀什么的并不往这里飞，它们像是一齐商量好似的，永远只在那无边的天地间纷纷扰扰地飞……因此，木丹的人工授粉还是得做；施肥、顺藤、浇水、打"保果灵"，一样也少不得……

而木丹的瓜，却再也不那么金贵了，像得了头生子的人家，对老二、老三，都有些散漫了；价钱，更像是小孩折的纸飞机似的，斜着往下直冲，从一块五，到一块二，到八毛，现在，只是四毛了。不管是什么样的价钱，每次起瓜，他都会给各家的孩子们送一些过去，好在价格慢慢地贱了，大家也不再费劲拉扯了。

送完瓜回家的路上，他会被那些蜜蜂蝴蝶什么的弄得原地打转，脑壳都要疼起来，沮丧地失去方向。他索性把扁担放下来，半个屁股坐在地上，看着那些蜜蜂……

嗡嗡嗡，嗡嗡嗡……它们跳着复杂的舞蹈四处乱飞，洋槐花、油菜花、蚕豆花、芝麻花，甚至是狗尾巴花，它们都毫不犹豫地扑上去，停下来，伸出尖尖的刺，一边搓着脚……为什么，偏偏就不到他的大棚里去呢……每每想到这个，他都会觉得心里空荡荡的，总也笑不出来。不过，这算是什么事呢？他都没有办法跟谁抱怨，见过谁跟蜜蜂较劲的吗……

也许他得跟他自家晒场上的那些瓜蔓儿较劲。他不知道是谁，其实不会是谁，肯定是凤子，又像往年一样，在晒场边胡乱撒了些瓜子儿。一直没有人去理会，也没人注意。前几天他无意中一张眼，发现那瓜藤竟已是绕得满场走了。不知为何，这让他有些气恼。这个凤子，还怕今年没瓜吃吗?

他瞧瞧那些瓜，已经结了几个，大小不一，样子也不好看……可是他看看那瓜，竟有些散神了。

他想起小时候，每到这样的时候，就天天儿地扒着瓜藤，恨不得拿把软尺来量一量西瓜的腰围，看看比上一天大了多少……那瓜，却总是不着急，停住了一样地，慢慢儿地长。木丹总疑心它是营养不够，每次夜里起来小解，他都要站到瓜藤边，举起他的小弟弟，艰难地对准了瓜藤的根部……暮春的夜，略有些寒气，头上总有白白的月光，照得晒场也白白的，像大鱼的肚皮，他一边小便，一边嗅鼻子，就是那么小的一个瓜亩子，他也能闻到它里面香而甜的含蓄味道……就这样，一天天地等呀，用小便浇呀，终于等到瓜上面有了一层淡淡的白霜，四周的叶子开始萎黄了……母亲才会允他摘了，为了更加好吃，母亲会把瓜放到桶里，用长长的井绳吊了放到井里……到了晚上，洗过澡，蚊子出来了，萤火虫出来了，纺织娘出来了，他便与母亲开始用心地吃他们夏天的第一枚瓜了……这瓜，是接了地气的，是笑过春风的，是受过露水的，是听过惊雷的，吃到嘴里，跟吃到春夏四时的滋味似的……

不知想到哪里去了，木丹惊异地发现，他的眼中忽然噙满了令人羞愧的泪珠……

他伤心地拖着脚步，往大棚慢慢地去了。那大棚里，有太多太多的西瓜，来得那样轻易，那样不合时宜，而这，竟让他感到特别难过。

17. 等外面的瓜也开始大量结果上市了，大棚瓜的存在就显得有些可笑了。价格更没有任何优势，或许还是劣势，别人能卖一角，他只能卖七八分，好在，也不多了，都是脚瓜了。脚瓜——这说法真难听，但大家都这么说，木丹也就这么听了。

乔经济人看木丹有些失落的样子，便劝导他：大棚瓜都是这样的，只有前几批值钱，到后面，反倒比不过外面的地生瓜……也正常的，凭良心讲，大棚的口味，是怎么也比不过外面的？不仅是瓜，所有那些果物呀菜蔬呀，都一样，再怎么下功夫下肥料，没办法，就是拼不过野地里一天一日按时节长出来的……但怎么办呢？现代人越来越馋了呀，越来越急性子了，越来越贪心了，哪里有耐心等那地里慢慢儿地长？哪里肯跟着四时节令走呢……活该就得花大价钱吃大棚瓜大棚菜呗……你呢，不要为现在的价钱不服气，前面也赚到了是不是……

木丹摇摇头，这位乔经济人，跟伊老师一样，总以为他是在为价钱闷闷不乐。其实哪里是呢？但到底是因为什么，他自己也理不出个头绪……

等最后一批脚瓜摘尽，大棚里终于彻底萧条起来，像秋天，像冬天，这一切也比室外来得早。那些瓜藤，弃妇一般，面色委顿，僵硬枯黄，随随便便地满地逶迤着。木丹与凤子用耙子把它们拢起来，成捆成捆地拖到河塘边去晒——晒干了，好做柴火。他们今年没有种玉米没有种棉花没有种黄豆，什么都没种，柴火是有些吃紧的。

木丹尽力掩藏起他的某种悲伤……这些瓜藤，曾经那样毛茸茸的，摸在手上，有些刺而痒，曾经开着许多的花，挂了许多的果……可是，难受什么，所有的作物，不都是这样的归宿吗？就跟人一样，来于尘，归于土……但为什么呢？木丹竟感到内疚似的，或许因为，因为现在尚是盛夏，这时节，所有别的瓜蔬作物们，还都绿油油的，风华正茂的！而它们，这些大棚的瓜们，却要这样提前死去了，它们前面最好的日子已经叫木丹给糟蹋了给利用完了吧……

没了瓜藤的田畦光秃秃的，有些难看似的，从前人工授粉时所挂的红线条现在东一根西一根，上面沾着泥或水，已是很脏了……薄膜已被凤子完全地掀掉收起了，大棚，现在只剩下些毛竹搭成的空架子，搭头处的绳子挂着，有些松动……外面的风与阳光，完完全全地透进来，照着地上的斑驳与狼藉。他们现在可以不用猫着腰了——木丹却仍是习惯性地佝偻着，不安地到处走，用脚四处踢踢，眼睛都没地方放似的。

18. 伊老师拿着个旧算盘来了，满脸笑嘻嘻的，看样子，关于木丹大棚瓜的收益，他已在家中预先打过大略的草稿，这会儿来，只为了详细地验算给木丹再看一遍。

这算盘真是太旧了，不知有多少时日没人用过了，有半边的珠子都掉得差不多了。伊老师因陋就简，只局促地挤在四条完整的珠杆上算，每到进位到万，他就要竖起一根指头，放在算盘边上，嘴里自顾提醒着：进一位，我们借一根指头做万位……再进一位，我们借第二根指头……

这样借着指头算了一阵子，从一开始的地租、雇工钱到薄膜这些一次性的投入开始，又再一次地核实木丹这几个月来所花费的农药与肥料，他算得十分精确，连浇水的管子、小木桶之类都不放过。

——木丹啊，成本一定要算足，收入嘛，四舍五入，有个大概就可以。他停一停，对木丹强调。但当伊老师问起卖瓜具体所得，木丹一时竟有些茫然，连个大概也说不清楚，凤子在一边轻声地笑了起来，她站起身，不知哪里翻出个小本子，得意地一页页翻过：哪一日卖了多少斤，单价是多少，中介费是多少，收入又是多少，记得清清楚楚。

伊老师从算盘上抬起头，用他那只不用被借做万位的手指指木丹：一块馒头搭一块糕，你这糊涂虫，幸好娶的是凤子，要别的婆娘，把你钞票卷走了你都不知道……

其实账是很简单的，但伊老师弄得有些复杂了。他先算出成本总数，再除出每亩的成本；算出收入总数，再除出每亩的收入，然后再把两个商相减。

喏，这个，就是你平均每亩瓜田的净收入。他谨慎地抿起嘴，像是机密般地，不愿直接报出那数字，只小心地把算盘转个方向，往木丹面前缓缓地推过去。

陈旧，却依然黑得发亮的算盘珠子，像千百年前的眼睛一样，默默地盯着木丹。木丹竟看得有些吃力了，他小学只读过两年，这算盘上，散落排列着的那些珠子，到底是多少呢？他这样，便是赚了吗？他赚得算多吗？他赚得算值吗？……

伊老师收起算盘，他摸摸胡子，运筹帷幄的样子：这个数目，不算太好，也不算太坏……所以呢，我看，你明年可以扩大再生产，弄个五十亩，现在都讲究规模化的，那样才能赚得多……而且，我都替你打听过了，现在县里有专门的贷款，无息的，支持大棚户……你要弄得好了，真可以把咱们东坝的家家户户都带动起来，就像我跟你说过的那样，用一块最大的薄膜，让咱们这里，所有人家所有的地都成为大棚，永远四季如春，永远播种，永远收获……伊老师讲得都动感情了，都诗情画意了。

木丹却听得有些散神似的，他怔忡地掉开眼去，不置可否，好像又回到他从前那种“不开窍”的样子里去了。

明年到底种不种，到底种多少——伊老师这次没有等到立竿见影的答案。

19. 立秋的这天，照风俗说，要啃秋，也就说，要最后一次好好地多多地吃西瓜，跟夏天郑重地道别。

外面下起了雨，滴滴答答地，像一座永远走不完的钟似的。

凤子在家里转了转，突然笑起来：咦，木丹，我们家没有西瓜了呢。不过，吃不吃也无妨……我们种大棚瓜的，哪里还会稀罕这个……再说你，你今年，好像都不喜欢吃瓜了是吧，从头到尾，都没见你吃过几次……这个啃秋，我们倒真可以免了……

木丹正跷着腿躺在床上，神情寡淡，不知在想些什么，听凤子的口气里有些故作的不屑，看样子，她其实还是想吃了。唉，西瓜，跟夏天的饭似的，真没听说过谁能吃厌了的。

他看看凤子，不紧不慢地摇摇腿：你到晒场看看，说不定，那里会有几个……

凤子一拍手：哎呀，我倒真差点忘掉，春上我撒过一圈种子的……她冒着雨，几乎是跑着出去，不一会儿，果真抱着两个沾满了泥浆的瓜来，这两个瓜，形状长得不算周正，一个可能还熟过了头。

但木丹见了，倒眼睛一亮似的，一骨碌从床上翻下身来，麻利地舀了半盆水来，让凤子托住瓜，他们一起站在檐下，细细地洗净了。然后坐到小板凳上，放在矮几上一刀切开。

确实不算太好，瓜瓤可以说是粉红的，但籽倒是分外黑，水分也足，矮几上流了一摊。

木丹如获至宝，吃得有些馋相，一边口齿不清地嘟囔：不错，真不错。好像他又回到了小时候，这正是他等了一整年的那头一枚瓜。

2006 年 8 月 14 日完稿于方圆绿茵小区

一

1. 在东坝这样小而旧的镇上，每增加或减少一个人，都会成为一个事件，其中的主角与配角总会在人们的嘴上辗转相传、反复咀嚼，像一种吞下去又可以吐出来、你尝完了他又可以再吃的神秘食物。这食物，让东坝的人们在漫长的日月天光里多了一点稀薄而发自内心的快乐。

因此，当古丽和她幼小的儿子达吾提带着陌生的异域气息出现在小镇上时，几乎所有的人都为之暗中一喜，这喜悦是如此真诚且强烈，以至人们不想虚伪地加以掩饰，他们中的一些急性子和无所事事者甚至尾随着古丽和那个男孩。在古丽的身后，很快出现了一支松散的小型队伍，人们的脚跟和脸颊上共同散发出一股善意的好奇之心，并一直弥漫到冷冰冰的空气中，钻进达吾提的鼻尖，让小男孩的鼻翼像蜂鸟一样地鼓起来。

达吾提拉拉古丽的衣角，他对着妈妈抽抽鼻子，脸颊飞速地皱起，然后又突然拉平。古丽像听到了什么，她回过头。

这样，镇上的人们得以第一次看清古丽的脸。

此时正是冬季，这个苏北小镇，路边铺着枯黄的小草，树枝杂乱地伸向天空，街面的店铺们覆盖着一整年的厚厚灰尘，呈现出黯淡的色调，触目所见，了无生趣。

而古丽回过头，忽然改变了这一切似的——她的面孔着实美丽。她没有微笑，但人们还是感到一种春天般的和煦，宛若草长莺飞，大家不由自主地回报以更加暖和的笑容。

这显然鼓励了她，她迟疑了一下开口问道：请问陈寅冬家往哪里走？

她的口音如此奇怪，像是北方官话，又像是某种侉子方言，有些别别扭扭的，人们听得费劲极了，也兴奋极了，如同刚刚进行了一场智力测验。

不过，陈寅冬！她问的是陈寅冬？这是一个死去男人的名字呀！而且，他死在异乡，死于一场意外！人们几乎无法自持了，这是多么重大的事件！陈寅冬的名字立刻变成了一枚秘制的上等酸梅，他们每个人的嘴巴都因此变得更加湿漉漉了。

惊愕与狂喜使得这一瞬间出现了冷场，人们再次仔细地打量她。她穿着一件长长的外套，色彩鲜艳，或许这是条裙子；她的头发被一条更加艳丽的头巾缠住，只在头巾的下方垂下一个沉甸甸的结，如果她把头发放下来，一定会长得超过镇上所有的姑娘。有人还注意到她耳朵上的银饰，同样是长长的，在空气中逶迤，跟这里妇女们常用的耳钉截然不同。

队伍中比较富有阅历和威信的一位站出来答了，因为小心翼翼，语速有些慢吞吞的，不那么自然了：您不晓得吗？陈寅冬已经过世了，过世都一年多了。您这是……

哦，我知道。我只是找他的家。古丽继续用那难懂的口音答道。

那么，您是……

是啊，她是谁呢？这镇上的每户人家，每户人家的家庭成员，每个成员的每个亲戚，大家都是了如指掌的。可是真的没人听说，陈寅冬竟有这么一位漂亮的……亲戚？

•

陈寅冬，父母早亡，且无同胞，很早就出门做工，后来在镇上娶了同样失怙的黄姑娘，生了女儿，然后仍是出去做力气活，跟着一个工程队到很远的西北修筑铁路——在镇上人的眼中，他几乎是个完全陌生的邻里，每年只有春节才会在镇上度过，有点孤僻神秘的样子，然后便继续远赴那不可知的西北，直到有一天，从那里传来他突兀的死讯。

他一共活了四十八年，可在镇上人看来，却似乎只活了一个春节，他的生命在人们的记忆中只有几十天——从腊月到正月，他活在镇上，然后，他消失了。在这个世上，他只留下母女两个，其余的便再无枝蔓。那么，这个女的是从哪里说起呢，并且还带着个七八岁的孩子？

荒诞不经的想象力、五彩缤纷的推测，在人们的头脑中，像爆炸后的碎片般飞散开来，瞳孔慢慢放大，他们目不转睛地盯着古丽，像盯着一幕即将开场的好戏。

唉，这个冬天，也许可以多串几回门子吧，拱着手，在屋檐下窃窃私语，寒风从袖子与领口中穿过，人们不知不觉地沉浸在交谈的乐趣中。

2. 在一个孩子的殷勤带领下，古丽和达吾提被带到了已故的陈寅冬的家，带到了陈寅冬留下的那对母女前。

陈寅冬的太太，即前面说到的黄姑娘，名叫群红，她长得有些老相，从做姑娘时便老相，加之长陈寅冬两岁，镇上的人都称她为红嫂，这一叫，一直叫到五十岁。

女儿呢，已经十九岁了，应当是最娉婷的时候，却生得不太好看，头发稀而黄，又偏瘦，这在东坝镇上，是一种不可原谅的容貌。她上过几年学，名字是陈寅冬起的，叫陈青青，照镇上人们的审美，这青青，连名字也是有些小气了，不那么喜庆。

红嫂站在大门口，青青站在侧门口，她们一起看着古丽和小男孩，注意力很快被分散到古丽的脸及衣饰上，一时间竟忘了盘问她的来意，是啊，谁不会被古丽的模样给迷住呢？但站在不远处的人们有些不耐烦了，有人咳嗽起来，另外有人吐了一口浓痰——这有效提醒了红嫂，红嫂意识到她担负有开口询问并给人们一个说法的责任。

红嫂于是开口问道：您到我们家找谁呢？

古丽把男孩往身边拉了拉，答非所问：我们从西北来，这是陈寅冬的儿子。

哦！惊呼在人们的胸腔中此起彼伏。陈寅冬的儿子！那位陈寅冬竟然还在外面生了个儿子！这么说，这个又好看又年轻只是话说得不太好懂的女人是他的小老婆！哎呀，这都是新中国了呀！中华人民共和国成立都好几年了呀，怎么还会有这么……这么旧社会……的事情呢！男人们在心里翻江倒海了，几乎要把陈寅冬从坟里揪出来细细盘问一番并好好揍上一顿。

青青在侧门口那里闪了一下，把自己关到房里——这是她的一个习惯动作，也是在红嫂多年要求下的一种条件反射，作为一个十九岁的少女，对一切可能出现的丑闻都应当回避，或装着视而不见、无动于衷，最多，最多只可以躲在门缝里偷看。

门缝，顺便说一下青青的门缝，这可是青青张望世界最妥帖的通道，由于长年累月的摩挲与使用，青青的房门后面，门缝的两侧，甚至呈现出一种光滑的手感，像是少女的皮肤，带着玉的微凉……父亲的缺席，寡母的谨慎，这导致了青青与其他少女的显著差异，其敏感与戒备，自闭与孤寂，永远没人能够抵达或触摸。

青青能够躲进小屋，做母亲的却不能够。红嫂的身子晃了一晃，脸上虽还是笑着，却明显没了力气：真的？她轻声地嘀咕一句，像是用嘴巴在问自己的耳朵：刚才听到的是真的吗？陈寅冬真的在外面生了个儿子？

真的。古丽再次把小男孩往前拉拉，那动作让人们联想到她是在出示一个人证或物证。人们在不觉中被引导了，注意地看起那个男孩，这一看，事情好像更加严重了：这个男孩，里里外外哪里有一丁点儿像陈寅冬呢！他的眼睛明显地凹进去，头发是微黄带卷的，肤色白皙得过分，连血管都要透出来似的。这一看，所有的男人几乎都要笑出声来，哈，哈哈。这个男孩，他的父亲怎么可能是这镇上的任何一个男人呢？他的种子必定来自古丽所在的那片土地。

围观的人们流露出看出破绽的神情，他们明显地放松下来，互相捅捅胳膊，几个妇女甚至叽叽咕咕地笑起来。这些镇上的妇女们，一辈子都是贞洁的，乏味的贞洁，廉价的贞洁，但她们自认为永远有理由在那些身份不明的女人面前表现出大大咧咧的骄傲。比如，这个古丽，并且她竟然扯起这么不高明的谎。

红嫂抬起了眼皮，又耷下去眼皮。不知为何，邻里们的神情与笑声让她感到了不快，她不喜欢人们这样对待跟陈寅冬有关的人或事。这对她也是一种间接的冒犯，不是吗？

于是，红嫂重新抬起眼皮，轻轻拉过那男孩：既是这样，进家里说吧。古丽自然地也抬起脚跟着进去了。大门在他们身后被缓慢地关上。

人们张开的嘴巴在半空停住，舌头几乎变得寒凉。这是怎么说的？这是怎么说的！红嫂竟然就信了那女人？她不仅信了，而且还容了那女人，拉着那孩子，让他们进了屋？哎呀，这话是怎么说的？他们感到自己都要变得结巴了，他们在惊愕中彼此对视，同时，感到一种接近高潮般的满足——今天的这个热闹，可真是看得足了，饱了，撑着了，都要打嗝了，都要半夜睡不着觉了。

3. 古丽显然是累了，并且很饿。那个男孩也好不到哪里去。

红娘一言不发地替他们准备了一些吃的，热气腾腾地端上来，窗户上很快弥漫起雾气，像是黄昏提前降临到这间屋子。

古丽神情自若，真像是回到了自己的家似的，左手抓着包子，右手捧着大碗，发出极为享受的吞咽声。那男孩则像只小狗似的，每吃一样东西，都会极为小心地先凑上去用鼻子闻闻，上下嗅嗅，像在对气味进行鉴别与记忆，然后才慢条斯里地吃起来。

青青倚在侧房的门框上，像在瞧一张画片，或者像在舔一个棒棒糖，用了那种节俭的、流连的眼光，从细枝末节开始，然后才慢慢地集中到画面中间——对她而言，这是多么奢侈的风景。这么些年，她所能看到的他人，仅仅是母亲，或是一些邻居的侧面与背影。

她首先注意到古丽放在屋角的布包袱，她下意识地进行了猜测，她想象着，那里面一定是更多的衣服和首饰，会把整个镇子都惊呆……接着她把眼光移到桌子下面，古丽的脚与男孩的鞋，这是两双沾满灰尘的鞋，这是哪里的灰尘呢？一定超出青青所能想象到的最远地方吧，比邻镇远，比县城远，比省城远，比天边还远……青青欢喜地看了又看，她甚至愿意自己就是那两双鞋，是鞋绊儿，是鞋底儿。只要，她能够一直那样走啊走啊，走到最远的地方……

古丽吃东西的声音分散了青青的注意力。红嫂曾教过青青，女孩子吃东西一定要无声无息，走路要无声无息，笑起来也要无声无息，睡觉更要无声无息（特别是跟男人睡时，不过，这一点红嫂没有说得那么明确）——红嫂的这种家训在这个小镇上当然显得有些阳春白雪了，不合时宜了，但青青并不清楚这种差异所导致的滑稽和荒诞，事实上，她是个没见过任何世面的姑娘，对这个世界的肮脏与荒淫一无所知。红嫂的长年独居生活像是一个沉闷的巨大温室，青青在其中温顺地、不为人知地独自生长，她将母亲的一切教导奉为圭臬。

不过，此刻，她不能不感受到古丽吃东西的声音——一个年轻女人，她咂摸着嘴巴发出模糊的哼唧声——这在想象中，本是多么典型的粗俗之举！可是，不，听听古丽，看看古丽，她所传达和散发出的一切多美呀，如此舒服！自然！那是对简单食物的满足，对热汤热水的感恩，对健康肠胃的呼应……青青简直看得入迷了，呆住了，好像第一次从古丽这里知道：吃饭原来可以变成这么豪放的一件事。

怔忡之中，青青把眼珠流转过去，像是慢慢移动的光线，她打算再好好看看那个小男孩。刚才，在观察古丽的同时，青青用余光注意到，这个男孩对味道有着特殊的爱好。筷子，他会闻闻。菜叶，他会闻闻。红嫂拿来的抹布、红嫂放在桌边的围裙、古丽突然打出的一个饱嗝——他也会飞快而认真地嗅嗅鼻子。多么奇怪的爱好呀。青青正想好好研究一番，小男孩却刚巧吃完，也正抬起眼睛盯着她呢。这让青青有些猝不及防——男孩的眼睛大而亮，并且湿漉漉的，像是家中院子里那专门接天水的一口大缸似的，青青竟能照到自己的身量和影子。青青不由自主地走上前去，摸摸达吾提的脑袋，那黄而微卷的头发毛茸茸的，细腻而伤感。

——青青对古丽及达吾提的好感是没有实际意义的。太多的悬疑与敌意仍在屋子里四处窜动，伴随着红嫂走来走去的身子。红嫂在收拾碗筷，红嫂在抹桌子，红嫂在整理凳子，她的每一个动作都像是一个饱满得快要坠下来的水滴，或是正在发酵的谷物，酝酿着无声的诘问与指责：你跟陈寅冬到底是什么关系？凭什么说这男孩就是他的儿子？今天找到这里来又是什么意思？寻亲吗？认门吗？闹事吗？

古丽仔细地盯着红嫂，像是聋人在读唇语，并且，真像是听懂了每一句潜台词似的，她轻轻地打了个嗝，神色平静地开始回答，口音别扭而吃力，因此显得极为慎重。

大嫂，这儿的地址是陈寅冬给我的。他说过：如果想离开西北的话，就到这里来找你们。

我认识陈寅冬的时候就知道他是结过婚的，他跟我说起过你们。但我还是跟了他十一年，一直到他去世。

我们那儿有好多女人都这样，十几岁便早早地出来做活，跟着铁路线上的工程队过日子，给工程队的男人们烧饭、洗衣……铁路线从没有人烟的荒地间穿过，我们天天儿只能看到那些男人，男人们也只能看到我们……工程队沿着铁路线从东往西一里一里地变长，我们跟那些男人也开始一对一对地好上了，我们都知道这些男人们是结过婚出来的，可是，那有什么关系呢，在那大荒漠里头？

咱们的这种好，就真是跟夫妻一样好的，各门各户的，像过日子一样的，像外面的胡杨树一样的，像外面的风沙一样的，不知道怎么开始的，也不知道最后会怎么样结束。或许，等到铁路修完了，那结局也就自然到来了，要么是散了，要么仍然在一块儿，那谁能说得准呢……

可是我跟寅冬，我们俩的结局却提前到了。那铁路还没修完呢，那工程队还好好地在着呢，那工地上还热火朝天着呢，他却突然死了。您一定知道的，吊机上的一捆轨道枕木，像是瞄准了很久似的，一直等到他路过，才不偏不倚地掉下来……

你是说瞄准！他在瞄准枕木吗？红嫂冷不丁地插了一句，像是早就等着什么似的。

不是！不是！您听错了，怎么可能呢！当然是枕木瞄准他！你想，那条走道宽宽的，那枕木为什么不前不后偏偏就掉下来落到他头上呢！古丽急迫地反驳起来，并且紧紧地盯着红嫂，她怎么会这样想呢？有谁会去找死吗？

你刚才是说，陈寅冬在死之前就把这里的地址给了你，他难道早就知道自己要死？红嫂仍是紧紧地盯着古丽。

这世上，谁都知道自己最后是要死的呀！只是没想到他会那么早，其实，他死后不到一年，那铁路就修好了，现在都开始通车了，他若是没出事，就再也不会出事了……古丽仍是有些混沌的样子，丝毫没有听出红嫂的潜台词。她的简单与迟钝，像是未开口的刀似的，有点可笑，却又带着巨大的善意。

红嫂沉默了一会儿，她想到了工程队寄给她的一笔钱。那可是个大数目，她至今不敢跟镇上的任何人说出真实的数目，就像她至今不愿跟人谈论陈寅冬的死亡，因为，那听上去多么不真实呀！她想象中的死亡应当有病床与药罐，有尸体与寿衣，有守灵夜与坟头草。可是丈夫呢，他这个死可真是别出心裁呀，只有一张薄薄的电报，来自人们从未到过的地方，一张电报把他的死全部概括进去了，随后跟着的是一大笔款子——陈寅冬被枕木砸扁的身体好像并没有被埋进那片荒凉的沙地，而是变成了一张汇款单，变成了汇款单之后的一张张票子，千里迢迢地慢慢地随着魂魄飞回故里。

红嫂想起来，在陈寅冬的最后一个春节里，在床上，他曾经跟红嫂说过一句莫名其妙的话：无论我做什么，你都要体谅我。一切都是为你们几个好，为了你们将来好。

这话听上去有些拗口，而且陈寅冬一贯沉默寡言、不善表达，夫妻二人之间也一向温和平静，这话就令红嫂很是惊异了，她有违妇人之道地主动搂起陈寅冬，钻进他孱弱的胸膛，却突然感到耳根处多了几滴眼水。是陈寅冬流泪了。

当时的情景在陈寅冬死后一再重现，像是陈寅冬以一种特别的方式在对红嫂耳语：一切都是为了你们好，为了你们将来好。红嫂心有所感，疑惑与哀痛之情如惊涛拍岸：他为什么要这样呀？没有那笔抚恤金不也能照样过日子吗？当然这话她从未向任何人提及，或许也是因为缺乏更多的佐证。

可是，现在，此刻，这个女人以及她所带来的讯息，无疑再一次印证了红嫂此前的猜想——不是枕木在瞄准陈寅冬，而是陈寅冬在瞄准枕木。这是一次蓄意的死亡。

一阵复杂的滋味向红嫂袭来——一来，她的某种猜测得到了印证，但与此同时，又有了新的发现，陈寅冬口中所指的“你们”并不仅仅指的是红嫂和青青，还有眼前的这个女人和那个男孩子，而正是这四个人，这矛盾而现实的存在，这无法兼得的两端，以及不可调和的将来，促使丈夫选择了与枕木的拥抱。

在红嫂的沉默之中，古丽又往下接着她的叙说：我没能看到陈寅冬的身体，说是脸被砸得太烂，他们匆匆忙忙地就把寅冬的后事给办了，我连最后一面都没见到……我哭了一个星期，后来就不哭了，日子还要过呀，达吾提还得养活呀……我还是跟在工程队后面替他们缝缝补补、烧烧洗洗，替我和儿子挣些生活费……不过，这样的日子也没过长，还不到一年吧，那条铁路就修好了，工程队就散了，他们一下子就全走了……我怎么办呢？我能到哪里去呢？这样子能再嫁人吗？嫁了人达吾提还会有好日子过吗？这样的，我便找出他给我的地址了……我想我就来吧，就在他的家里跟你一块儿过日子吧……即使这辈子，人们都会说我是小老婆，说达吾提是个私生子……可是，这是他说过的，叫我们到您这里来……

古丽一口气说完了，这似乎是她所能说出的全部解释，现在她嘴里空空荡荡，再没什么好说的了。天上为什么飘来一朵云，地上为什么少了一只羊，一切不都是清清楚楚的吗？她看看红嫂，等待后者的答复。

红嫂不看她，也不回答，她在看着达吾提。达吾提这孩子累坏了，这会儿正趴在桌上打瞌睡，他的脸被胳膊压得有些变形，薄薄的嘴唇边，一条清亮的口水在渐渐浓重起来的暮色中缓缓拉长，最终滴到地面上，形成一个铜钱大小的水迹。

古丽这次明白了红嫂的潜台词，她顺着红嫂的目光也看着达吾提：是的，这孩子不像陈寅冬，一丁点儿都不像，他甚至都不太像我，真奇怪，他像我二哥……我二哥就是这样，白皮子，卷头发，凹眼睛……

那么，我凭什么相信你呢？相信你是陈寅冬的女人，相信这孩子是陈寅冬的血肉？

古丽想了想，忽然不合时宜地微微一笑，像荒凉山坡中开出的一朵山茶。她走到红嫂身边，把嘴巴凑到红嫂耳边，她轻轻说了一句：他在床上，喜欢用脚……

站在门边的青青尽量地张开耳朵，可是真可惜，她连一个字都没有听到。

但这句话显然极为重要，她看到，红嫂突然松弛下来，并轻轻地搂住古丽，两个女人为了一个共同的秘密而同时笑起来，笑得都有些暧昧了，到最后，又变得像哭一样。

凭着这句话，红嫂认定古丽的确是陈寅冬的人，而达吾提，是个长得不太像父亲的孩子。

4. 红嫂真的留下了古丽和达吾提。

清晨稀薄的空气里，镇上的人们在简短的相互招呼过后，互相谈论起事件的这个结果，像是谈论起昨夜的一个共同的梦境，梦里，他们想象着古丽和男孩在这个小镇上今后的日子。古丽进入了小镇的梦，这也许是某种标志：她现在不再是外乡人了。

好奇心继续存在着，宽容却同样在生长，大多数人们故意忽略掉男孩可疑的容貌和值得推敲的身世，同时，对红嫂的大度表现出由衷的满意。人心都是肉长的呀，哪能真的就让古丽和那男孩再回到大西北去呢？他们不投奔这小镇，还能投奔哪里呢？

当然，有人想到了经济的问题。原先，红嫂是靠陈寅冬的工资养活的，陈寅冬去世之后，红嫂就出来做起了小营生，主要是走街串巷地卖小吃，冬天卖元宵汤团，春秋包饺子馄饨，夏天是酸梅汤果子露……这种小买卖，红嫂和青青两个是够吃了，这下，再添出两个人丁来，恐怕就拮据了吧……念及红嫂这么些年的贤德，人们不免又替她感到委屈，她这一辈子，哪里享过什么福呢？小时候没个父母疼爱，成家了基本就是长年守活寡，守到最后，倒成了真正的寡妇，这都五十多岁的人了，临了，却还要替陈寅冬的小老婆私生子操心……

但也有人提出了不同的看法，认为这事对红嫂来说未尝不是件好事。您想啊，那青青终归是要出嫁的，而这红嫂，眼看着也就是要衰老的，天上掉下个古丽和男孩，不是给她轻轻松松就旺了人丁、添了子嗣吗！再说了，人，生来是吃饭的不错，同样，也是能挣钱的呀，那古丽，哪会真的就来白吃白喝呢？红嫂呀，也算是多年的苦债换来个善终……

这些贴心贴肺的话自然传到了红嫂的耳里——这是镇上人们的美德，人们酷爱窃窃私语，同时也愿意把善意加以放大和传播。

红嫂对此不置一词，也未表现任何伤感、忧虑或沾沾自喜。担着吃食筐子，走在无人的小巷，她会对着虚空露出会心一笑。她是想到了那笔秘密的抚恤款子，到现在，她都还没动过一分一毫呢，她把它们放在那里，放在一个干燥妥帖的角落……只要有了那笔款子在垫底，她也就不怕了，就有退路了，她相信她能带着四个人过得好好的，不动用陈寅冬一分钱；而只要这笔款子没动，红嫂就感到心定神安，好像陈寅冬还在某个地方待着似的，他只是不再回来过春节而已……

红嫂的背影在巷子里被斜照过来的阳光拉长，一直拉到墙上，像是一张变形的面饼或是一片云彩的意象——这个妇人关于陈寅冬的想象也同样具有某些后现代的意味。是啊，谁知道呢？谁见过陈寅冬的尸首呢？连古丽都没见到，谁说他就真的死了？也许他就没有死，他只是用这种死的方式，活在某个地方，他希望由于他的消失，能够促成一个家庭的壮大，能够让红嫂与古丽、青青与达吾提在同一个屋顶下吃食与睡眠。他活着的时候，没有父母、兄弟、姐妹；但他死后，他有了一个兴旺的宅子，他有两位太太，有一对儿女，他异乡的坟上将会青草丛生、小鸟啾啾，如果能够这样，谁又能说他是真的死了呢？

二

1. 进入腊月了，镇上的人们喜欢在这种季节吃汤圆，红嫂的生意好像更加好了一点似的。人们在买东西时会跟她搭讪几句，他们主要会询问关于古丽的事情，古丽彩色的头巾在这个镇上总不免令人浮想联翩。同时，对于她与陈寅冬的故事，其开始与结局，情节与细节，他们就像现今的记者一样，总会有着孜孜以求的兴趣。

红嫂称着汤圆，找着零钱，一边笑起来：你们不都看到了嘛，就是那样的呗……

红嫂对这些一再重复的问题极有耐心，但她很少进行详细的解说，她发现，古丽的故事简直像是汤团里的馅，不确定、被包裹、回味弥久的……让人们在想象中垂涎欲滴，而这对一个吃食摊子来说，难道不是一笔挺可爱的财富吗？当然，红嫂其实并没有什么商业头脑，但她有直觉，她几乎是下意识地，富有技巧却又浑然天成地保护着古丽的神秘性；为了不让人们扫兴，她又会善解人意地指指汤团：喏，这可是古丽帮我揉的面，古丽帮我包的馅儿……

哦，真的呀！人们好像因此得到了些许安慰，于是心满意足地提了汤团回去，在晚餐的桌子上，男人会端详着汤匙里白胖的汤团，想象着古丽的手掌正在一遍一遍地搓动，从而感受到一种不可言传的快乐。

2. 是啊，红嫂并没有骗他们。晚上，红嫂总会带着一家人和馅儿、搓团子。她踮起脚把油灯高高地放到灶顶上，这样整个屋子都能亮堂了。

光来自高处，桌椅的阴影因此显得小了，但人脸上的阴影却变得大了，古丽的睫毛像刷子似的投在她的脸上，青青的刘海则像帘子，她的眼睛躲在帘子后面，悄悄地盯着古丽，并把古丽与母亲红嫂作着对比。女人与女人之间的巨大差异总让这少女心有所动，继而联想到另一个世界的父亲，在他的眼里，红嫂与古丽又各是怎样的角色与位置?

夜晚有些凉了，屋子里却充满着令人沉醉的香甜气，糯米、豆沙、芝麻，它们像比赛似的各自散发出醇厚的味道。每到这样的时候，达吾提就会像一只蜜蜂似的，在屋子里绕着圈子转来转去，拖着蝙蝠般扁扁的影子。他把头伸到红豆沙的盆子里，他把鼻子凑近芝麻的木臼里，贪婪地无休止地闻着。或者，他会闭着眼睛，拿起一个又一个包好的汤团，凑近鼻子闻一下，然后宣布是豆沙馅还是芝麻馅。他的鼻子花瓣一样紧紧皱起，完全沉迷在这不断重复的简单游戏中。

达吾提的鼻子属狗。古丽仰起头对红嫂说，这是一场聊天的开场白。这样刮着风的夜晚，总是古丽第一个打破沉默，像在夜里划亮第一根火柴。

古丽一开口，红嫂总是突然一怔，她看看对面的古丽，会在一瞬间感到迷茫和不解：这女人是谁呀？怎么坐在我家里呢？这世上，除了女儿青青，怎么还有别的人在这里？到底是五十岁的人了，在一天的走街串巷之后，她是有些困倦了，以致出现了短暂的失忆与幻觉。当然，她很快就清醒了。

达吾提的鼻子真是狗鼻子呢！古丽接着往下说。从小就是，别人是用眼睛认路，他好像是用鼻子，到哪儿都会在各处角落各样家什上嗅嗅，木头味儿，丝绸味儿，柴火味儿，轮胎味儿，生瓜与熟瓜的味儿，甜葡萄与生葡萄的味儿……那时在工程队，一大堆男人里面，他就是能闭着眼睛把寅冬给挑出来，他总说，每个人的味儿都不一样，闻一闻就知道了。男人和女人，老人和小孩，好人和坏人，都各有各的味道，他一闻就能闻出来……

红嫂笑起来，困倦都去了一半似的，她看看那孩子，手里握着两个汤团，头却已耷下来，睡着了。青青于是赶紧洗洗手，把达吾提弄到里屋的床上去了。

屋子里现在只剩下红嫂和古丽了。即使是晚上，后者还是穿着齐整的长裙。她从西北带来的那个包袱，像是个无穷无尽的宝囊似的，腰带与头巾，披肩与下围，总会被她别出心裁地变出令人眼前一亮的装束，像个女魔术师似的……她偶尔会走上街头，左顾右盼地东张西望，婀娜的背影像冬季盛开的桃花。但是，在一个陌生的小镇，在她所投奔和寄居的人家家里，她难道不应该表现得沉郁一些吗？比如，她应当唯唯诺诺，她应当低头而行，她应当谨慎地只穿深色衣衫……当然，议论归议论，人们并不真的希望古丽那样，对于超出常理与常识的事，人们保持着矛盾的心态，一方面，他们指指点点，另一方面，他们有所期盼和鼓励，甚至在暗地里十分激赏。

红嫂看看古丽，再看看自己。她像青青一样，不是用自己的眼睛，而是用陈寅冬的眼睛。难怪呀，年纪、容貌、衣饰、性情，她跟古丽怎堪一比？陈寅冬怎么可能不喜欢上古丽？甚至，红嫂现在都有些不确定了，有了这么一个古丽，陈寅冬后来是否还在喜欢她呢？……

红嫂回忆起她跟陈寅冬的婚后生活，是否有过如胶似漆的时光？尽管聚少离多，但每次的团聚并不总是激动人心的，陈寅冬似乎并不特别热衷床帏之事，他身量不高，亦谈不上强壮，他似乎有一种与生俱来的抑郁与忧戚，他经常在半夜突然醒来，然后坐在黑暗中的床头一言不发。

红嫂对他甚为恭敬，即使是夫妻，他对她而言仍有着某种程度上的神秘——他长年在外，过着与镇上人完全不同的日子，对菜肴，他有一些特别的口味，谈话中，他有时会说出那个地方的口头语。有时，红嫂会觉得陈寅冬是个陌生的男人，他们在床上亲热，相互摸索着寻找方位与节奏，全无默契，更谈不上放松与放纵。那么，是否这其实就是一种迹象，是他对古丽心有所绊的迹象？

对这些事情，红嫂从前似乎都没有如此明白地想过，不知为何，在这样的晚上，看着面前这样的古丽，红嫂忽然体味到一种迟来的感悟——她这一辈子，或许真是前所未有的荒凉吧，唯一的男人，即使只是在那些短暂的春节假期里，他也没有真正地在疼爱她。包括他的死，他通过死所换来的抚恤金，或许更多地也只是为了古丽和那个男孩呢。

按理，明白并接受这样一个现实应当是悲痛和委屈的吧，可是真奇怪，红嫂也并没有感到特别的心酸，她只是微微叹口气而已——本来嘛，对她来说，陈寅冬死与不死，不都是一回事儿！他活着，也只活在古丽那里，对红嫂来说，相当于死了；他死了，对她红嫂而言，仍跟从前一样，他活在那里，她活在这里，她并没有特别少掉什么……

红嫂发现自己笑了，在高处灯火的影子下，她在心底笑了：陈寅冬的死，怎么就变成了一件若有若无的事呢？

3. 每个晚上，都是青青把打着盹的达吾提抱上床。小男孩的身体热乎乎、沉甸甸的，血液在皮肤下穿行，眼皮微微半张，有着麻雀般的敏感与软弱。青青的身量和气力足够抱起男孩，却又总觉得使不上力气，反倒显得有些笨手笨脚。

她用脚推开古丽和达吾提的房间门，老式的床宽大而陈旧，发黄的蚊帐如眼帘低垂。她把达吾提一直送到床最里边贴墙的地方，为了防止达吾提着凉，青青又爬上去，细心地在靠墙处放上一块垫子。她的身体从达吾提身上越过去——而每每都是这样的时刻，达吾提突然睁开眼睛，他醒了。他的眼睛正对着青青的上半身。

怎么了？青青连忙缩回来，跪坐在大床的外口。

我闻见你了。

什么？青青有些羞恼，但达吾提的眼睛那么清亮，干干净净的，让她都没法作恼，也不知要说些什么才好。

但她其实并不想说什么，达吾提像在做梦一样地一串串往外说着呢：我闻见你了。你身上有各种各样的味道。木桶、麻绳、竹竿、皂角、水草、豆子、灶火。

青青这下子笑起来，可不是呢，她这一天里，一大早用木桶到河里挑水，然后用皂角洗衣裳，晾到竹竿上。下午，跟红嫂一起搓了会儿麻绳，晚上，又把红豆沙给漂洗了几遍，然后在锅里煨上了……

小东西，瞎说！这哪里是你闻见的？这一天里，我到过什么地方，做了些什么，你不都像个小尾巴似的跟在后面……能说出这些来有什么稀奇！

这是第一层的味道。还有第二层呢……达吾提说着重新闭上眼，像走入了一个梦中的花园。你的头发是芝麻味。你的眼睛是露水味。你的嘴巴是……是……

达吾提皱起眉头，好像迷了路，他慢慢地抬起身，把他的鼻子靠近青青的嘴唇，在那里停了停，蹭了蹭，然后才接着说：你的嘴巴是番茄味儿。

青青被达吾提方才的动作给呆住了，她噤在那里，甚至都没有听清达吾提所说的那些味道……达吾提的鼻子凉凉的，那冷而湿润的感觉仍停留在她的唇上，她几乎感觉到那就是一个吻，一个不成形的小男孩的亲吻，带着某种同情与体谅似的。

青青舔舔自己的嘴唇，不知为什么，泪突然流下来，青青的青春期就这样被达吾提的鼻子给唤醒了，她的胸脯在瞬间鼓胀起来，那是陌生的呼唤与刺激，她感到说不清楚的寂寞与疼痛。

她仍旧跪在床上，而达吾提，似乎又重新睡过去了，均匀的呼吸轻轻拂过黑暗中的空气，有着小野兽般的天真劲儿和热乎劲儿，像是一种闻不见的芳香。

4. 到了黄昏，小街小巷里的寒风就更甚了，刮在人脸上，像是小柳条在抽打似的，担着有些累赘的筐子走在风里，感觉就有些凄苦了，但红嫂并不在意，她认为吃苦是天生的，是必需的。酸胀的腰背、变质的剩饭剩菜、缝补得不像样子的内衣、总是会倒呛烟的灶台，以及冬天寒风的这种刺冷——生活中处处充满不适，这不适反倒让她感到某种安全和踏实。

有时，红嫂在寒风里都一直走到天快黑了，每条巷子都走过两遍了，仍会剩下一些汤团，红嫂倒也不恼，便将计就计带回家去做晚饭吃。

每到这样的时候，古丽总是最高兴的，她会早早地把米桂花、白绵糖一起摆到桌上，又找出配套的瓷碗和瓷勺，然后才掀开热气腾腾的锅盖，给每只碗都盛上六个汤团，摆成梅花的模样。接着，她会第一个捧起碗，舀出一个囫囵着放进嘴中，闭上眼睛慢慢地咬破皮子，用舌头把芝麻和糯米搅在一起，然后重新咀嚼，唇齿间发出轻微的咂摸声，再慢慢地咽下去，体味它们在喉咙中停滞和下滑的滋味……

就像来到镇上的第一天一样，古丽吃东西的模样总是如此沉醉、心无旁骛，让红嫂和青青甚为惊异。不仅仅是这些有馅的汤团，就是用剩下的糯米屑子搓成的实心小元宵，面条锅里的面汤，用咸菜帮子和一些肉杂碎做成的浇头，她都会有滋有味、全心全意地投入享用……

对吃是如此，对睡眠、穿衣亦是有过之而无不及。每个早晨，她都会狠狠地一直睡到日上树梢，在被窝里伸长长的懒腰、把被子都伸得拱起来，然后大声叹息着对一夜无梦表示满足。然后，她精心地把那些裙子摊到床边，对着屋子里那缺了一角的镜子反复比画，一边伸出头去问青青外面的天气，如果太阳很好，她就穿橙色的；如果有些阴，她就穿绿色的；如果有小鸟叫了，她就穿带大花儿的……她对生活的每一刻都特别经心，带着感恩与珍重，一定要别出心裁，让所有的人都高兴似的……

青青，这依然生涩、含苞未放的少女。红嫂，这饱受苦难、几乎不知何为生之乐趣的母亲。古丽的奔放与热烈带给她们的到底是什么呀！

——无疑，青青从不掩饰她对古丽的崇拜，她总是悄没声息地盯着古丽，随时准备替她接接拿拿，随时准备应答她各种各样的感叹或提问，少女依然穿着从前的旧衣裳，梳着从前的独辫子，走起路来微微地有些含胸，可是，青青，真的有什么地方跟从前有些不一样了。就像一个孩子，读过书与没读过书的那种差别。古丽就是青青的启蒙老师，正是在古丽明媚的背影之后，青青的性别意识开始了苏醒，对风月有了一知半解的领会，对神情、体态有了自觉的把握与训练……

至于红嫂，一下子很难说得清楚。她本来以为自己是要生气的，特别是要生陈寅冬的气，他为什么会喜欢上这样的女人呢？简直是自己的反面，她吃没吃相、睡没睡相，缺乏起码的妇道礼数……可是细想想，又说不出古丽具体的什么不好来，后者总是那么欢天喜地的，带着股大大咧咧的孩子气似的……看着她像蜜桃一样的身体，连红嫂都有些愉悦起来，瞧瞧自己，这裂了口子的手指头，眼睛下深褐色的眼袋，在头顶上闪闪烁烁的白发……唉，有些人，就是要像古丽那样活的，享乐、精致、风流；而另一些人，则是像自己这样活的，克己、粗糙、本分。在古丽面前，她一方面有着道德和良心上的优越感，但同时，也有着对另一种风流生活进行张望和入侵的欲望。

这样，等达吾提和青青睡下之后，红嫂会主动跟古丽说起话儿来，寒夜漫漫，她们没有男人，只有时间，可她们又能靠什么来打发时间呢？

红嫂不动声色地聊起一些闲话，周密地一步步把话题往隐秘处推进。不过，红嫂大可不必如此花费心机，古丽哪里需要她引导呢？她几乎是径直地就往红嫂最想听的地方去了。

唉，红嫂，要说起来，陈寅冬更在乎的可能还是您呢！比方说吧，好好的正趴在我身上呢，他会突然就叹起气来，把眼睛往黑乎乎的窗外看，不知要看到哪里似的，整个人都萎下去了……

怎么可能呢！怎么可能呢！红嫂不必要地大声分辩起来。她认为古丽这是在安慰她。况且，就算古丽说得是真的，红嫂意外地发现，她对此也并不感到多少的高兴——奇怪吧，她并不真的在乎陈寅冬更喜欢谁。喜欢人家古丽，那是对的是正常的；喜欢她红嫂，那就叫她不踏实以至不舒服了……

其实吧，我有对不起陈寅冬的地方，谁叫他有两个老婆呢，他能有两个老婆，我就不能有两个男人吗是不是？

这么说，你还有另外一个……红嫂趣味盎然，她很高兴古丽转移了话题。古丽的这个理论显然是经不起推敲的，要在白天，红嫂都会吐唾沫的，可是怪了，现在，红嫂就觉得古丽说得有道理，她做得更有道理。

是啊，每年，我也会离开工程队一阵子，赶几十里路回家里看看父母，一方面是看父母，另一方面当然是看他……他呀，可比咱们陈寅冬厉害多了，每次都让我受不了了呢、撑死了呢，我都全身发抖了呢……不像咱们陈寅冬，他身量小，气又短，到后来就只能用脚了，他就爱把脚指头当家伙使……古丽的用语粗俗而直接，神情却坦诚而大方，像是仅仅在谈论一顿美食或一段面料似的。所以说呀，红嫂，您看看，在这个世上，让人舒服的东西可真多呀，好饭好菜，好衣好裳，好觉好睡，哪一样我都喜欢极了，特别是睡觉的事呀，一个人睡有一个人睡的甜，两个人睡有两个人睡的美，我哪一样都爱死了，爱到骨子里去了……

昏暗的油灯有效地替红嫂遮住了她一再腾起的红晕，她多喜欢听古丽这么说话呀，她还从来没听人这样说过话呢，她还从来没想过这些事儿呢……好像就是从古丽这里，她才肯承认，对呀，原来，那也是件舒服的事儿呢……不过，她在陈寅冬那里感到过舒服了吗？难道那过去的几十年，她竟一直是无知无觉的吗？就连陈寅冬喜欢用脚的这一习惯，她也没有去多想……那些春节，外面有着呼呼的风，陈寅冬忽然从她身上软下来，然后，像是例行仪式似的，他举起脚来，从上到下地抚摸着她，最后，停在那里……这回忆如此清晰，宛若仍在床榻，最令红嫂沉湎不已的是，她想到，那陈寅冬，对古丽，竟也是这样的呢……一个喜欢用脚的男人，她们的男人……

三

1. 红嫂原以为古丽可以像她一样，满足于每晚的回忆与叙述，并且，她们可以依靠这回忆共同过活，她进入老年，而古丽进入中年。事实上，春天来了之后，红嫂发现：她可能错了。古丽，在骨子里，就是跟她不一样的女人，这不是谁更好谁更坏的问题，只是，彼此不同。

是啊，春天来了，东坝小镇的春天带有明目张胆的鼓动性，互相攀比着似的，这里绿了，那里红了，空气里都燥燥的，让人感到口渴和焦灼，非要干点什么事似的。这跟古丽的家乡是全然不同了，古丽一下子就被打昏了，她再也坐不住了。

她积极地几次三番地向红嫂要求，由她出去卖吃食，再不出门走走，她就要“霉掉了”“烂掉了”。

红嫂看看古丽，后者已经换上春季的衣服了，一方面显得单薄了，另一方面又更加丰满了，红嫂几乎看得欢喜起来，有心要放她出去走走，但又总觉得哪里不大妥当，好像这话一答应下来，就是同时还应承了别的什么似的。

青青在一边看着，想替古丽说情，开了口却又是站在红嫂这边的样子：妈，你都五十多了，再出去跑来跑去，吃不消吧。正好，也让古丽熟悉熟悉，这镇上，她走得还没达吾提多呢！

红嫂扶扶自己的腰，好像突然间就疲惫了起来，这疲惫来得有些违心，又有些存心，总之，她想现在是应当累了，该回到屋子里了，那外面的天地，就给古丽去飘摇吧。

因是春季，这时候，红嫂做的小吃食不再是汤团了，改成炸麻团和咸花卷了，春天日头长，人们走着走着，很容易地就会饿了，如果正好迎面碰上个吃食担子，他们就会买上几个，一路慢慢地走着也就吃光了。

古丽对巷子着实不大熟，走起来有些犹犹疑疑、左顾右盼的，这就跟镇上妇女们大步流星的样子大不同了，人们在后面看了，在侧面看了，在前面看了，都感到一种与众不同的好，他们不免就停下来，喊住古丽，慢慢吞吞地挑上几个包子，慢慢吞吞地掏钱。他们喜欢听古丽说话，因为古丽的话听上去别扭、拗口，他们还注意到古丽鼻尖上的小汗珠，以及她头上随便别上的一朵蔷薇花。她在他们眼中，要比手中的吃食更要耐人寻味。

古丽的生意当然是出奇地好了，比红嫂从前卖出的要多出一倍，还没等红嫂来得及高兴，好好数数那些多出来的钱，古丽就自作主张地开始花钱了。

经过小百货店，她会进去看看，路过布店，停下来东摸西看，经过鞋铺，她又会倚在人家的门前，问这问那。然后，回家的时候，她会一五一十眉飞色舞地重现她所看到听到想到的一切，并且，她的担子里还会多了些别的东西，塑料拖鞋，发亮的发卡，彩色的虾片，能吹出泡泡的糖——不用说，这些新奇玩意儿本身是有着令人激动的魔力的，而且，古丽的行事方式又增加了这种魔力性。比如，她买东西完全没有规律，她并不是每天带，或是隔天带。当大家满心以为她今天是要买什么了，她却空着手回来了；而当大家没指望的时候，她却突然把篮子伸到大家面前。古丽还喜欢把那些新玩意儿藏在篮子的布幔下，然后，让他们摸。让达吾提猜颜色，让青青猜是吃的、用的还是玩儿的，最后让红嫂猜：这礼物是买给谁的？

——对于古丽突然暴发出来的购买欲，红嫂是拦都来不及拦了，也是拦不住了，脚在她身上，钱在她身上，这可真是糟透了！红嫂虚张声势地在心中感叹：她这辈子都没有这样大手大脚花过钱呀，这镇上也没人这样不要命了似的花钱吧！镇上的习惯和风气是这样的：如果能赚上五块钱，一定只能过五毛钱的日子，或者更低，一毛都不花才好，要低于能力，要低于环境，要低于需要，那才是正经过日子的道理，可看古丽这样子，分明是不想过了！

感叹归感叹，生气归生气，红嫂心里却明白得很，她不是真的生气，她不是还有陈寅冬的那笔钱在垫底嘛！就是古丽一分钱都赚不到又怎么样？他们四个人照样可以过得舒舒服服的不是吗……这样想想，红嫂就真的定下心来，她只是假装舍不得、假装懊恼，可其实呢，在她心底里，却跟青青和达吾提一样每天都等着盼着古丽从外面回来……

再说，古丽其实也没有花很多的钱呀，但真的，每样东西都让大家叹为观止，生活好像因此多了无穷无尽的乐趣似的！您说，买回来总不能不用吧！那才是真的作孽呢！红嫂于是起了油锅，炸虾片，眼睁睁看着单薄的虾片突然弯卷着像笑脸一样膨胀开来。她穿上了平生第一件的确良褂子，她还试了试青青的红色塑料拖鞋，并偷偷地把达吾提的泡泡糖揪下一块放到嘴里……

黏黏的泡泡糖让红嫂惊讶得差点吞下肚里，她慌张而笨拙地从嘴里抠出来，笑话起自己这个乡下女人，她弯下腰尽量不出声地笑着，竟笑出了眼泪。她伸出粗得有些糙人的手抹去泪珠，接着，她真的流起泪来——这迟来的乐趣呀，如此细小、真实，可是，却又残酷地让她意识她前面那些年月的孤独与虚度。

当然，从前的日子跟陈寅冬无关，怪不得他，但眼下的日子，也许倒要谢谢陈寅冬，是他在那遥远的地方结识了古丽，是他通过死亡把古丽带到这个镇上，带到她的身边，陪伴她即将开始的老年。

2. 达吾提吃得很多，睡得也很好，但他的个子却一直不长，好像就准备永远停在那个高度，也许是因为他走动得太多——从仲春直到初夏，他总像是丢了什么东西似的，逼着青青带着他到外面游游荡荡。他抽着他的鼻子，像一只肩负神秘使命的小狗，在清晨，在正午，在迟暮，一天中的不同时分。在阴沟边，在桃林里，在石灰厂，在屠户的案板边，在织布厂前，在邮筒边，在小镇的不同地点，他都会流连忘返，逗留不去，一边专注、努力地抽动鼻子，像人们深情地凝视某处即将永别的地方。

青青有时会走在他的身后，不过，她跟达吾提的趣味全然不同。这个春天，青青是完全地发育了，心理上的发育。她开始懂得轻轻垂下眼皮，开始晓得自己胸脯的美，开始知道微微提起臀部——大多数时候，她是在不自觉地模仿古丽，因此她需要走到巷子里，在没有人看见的地方好好练习，她满心期望着，不久以后，她会成为一个跟古丽一样漂亮的女人，有着一个跟达吾提一样的孩子……

达吾提，你看我好看吗？青青想起古丽头上的花来，她摘下一朵那种同样粉红的蔷薇，同样地别在头上同一个位置，她偏过头去问达吾提。

达吾提从某种专注中勉强地拉回自己，他眯着眼看青青，眼睛越眯越小，像有阳光钻进去了似的。最终，他还是走近过来，把鼻子凑到青青身上，他闻了闻，然后才说：好看，香。

那比你妈妈呢？青青这是有些贪心了。

达吾提严肃地看看青青，他虽睁大眼睛，却视若无物，然后不置可否地又转回身研究他的味道去了。

青青把花取下来在手里握住，她忽然想起方才达吾提的眼睛，他为什么要眯那么小呢？并且，她想起来，这段时间，他总是这样，当他无所事事时，他会睁大双眼，却有些空洞。但当他想看看什么时，却会越来越小地眯起，脑袋向一边歪过去，吃力而别扭……这里面，有什么问题吗？

3. 在这家新开张的裁缝店前，古丽迷路了。因为迷路，她认识了张玉才。

事实上，这段时间，这镇上的巷子她来来回回已走了不知多少遍了，但古丽不记路，因为她每天走的路线都不太一样，她不是根据居民区的分布来决定路线，而是看哪里好玩了、没见过、没来过，她就停下来，看一看，张一张，然后歪打正着地，摸索着找到回去的路。

让古丽迷路的这家裁缝店，大得超出镇上所有人的想象，缝纫机是一溜排开的，“咔嚓咔嚓”，声音此起彼伏，好听得很。厅堂上方的绳子上挂着有女人的春秋衫、格子裙，男人的中山装、列宁装，甚至还有一套白色的西装，气派极了。就连两个小伙计，都穿着一式一样的对襟褂，脖子里搭根软尺，看人喜欢从下到上，打量一圈，像用眼睛在掐尺寸似的。古丽把担子放在门口，走进去摸摸那些料子，看看那些样式，简直喜欢死这家店铺了。

她磨磨蹭蹭地看了又看，终于想到放在门口的吃食担子，这才不得不提脚走了出去。这一出门，发现天色已经不早了，看看担子里还有不少花卷呢，有些急了，见路就走，东拐西拐，这样走了一大圈，发现自己竟又回到了裁缝店前。古丽倒也不慌，她想了想，换个方向继续走，可是事情真是怪了，好像注定她今天就得结识上张玉才似的。她走了第二圈，似乎走得很远，都要到镇子边上了，可一抬头，瞧，这不还是那家新开的裁缝店嘛！

天色真是一层层暗下来了，古丽看看担子里的花卷，虽说没剩几个，可这于她，可还是没有过的事哩，竟然会卖不完！而且还找不着路了，天天走的小镇，连问人都不好意思开口！

古丽有些恼了，恼自己，恼这些花卷，还恼那家裁缝店，她四处看看，正不知怎么开口问人呢，张玉才却主动走上来了。

古丽，我都跟你走了两大圈了，你兜来兜去到底是要到哪里去？张玉才身量不算高，却挺干净，棉毛衫外面翻出白衬衫的领子。

这镇上的人，在称呼上一直让古丽很不习惯。如是很熟悉的人，他们会喊成亲戚似的：什么婶，什么叔，什么姑，什么爷。如果是不认识的呢，他们一律喊：哎！对于古丽，他们把她划归到后者。

哎，买四只豆沙麻团。哎，你帮我换个零钱吧。哎，你家那小男孩几岁了。

可是，“古丽”！这个小青年竟这样喊自己。像一个男同学在喊一个女同学，像是认识了很长时间似的。再看看他的干净模样，想想他竟然不声不响地跟了自己两圈。古丽忽然觉得自己整个人都活泛起来，松动起来。

你管我想到哪里去呢，你跟着做什么？古丽有心想让他带个路，嘴上却是不饶人。要说跟男人耍嘴逗趣，她一向是擅长的，从前在工程队，那些姑娘个个泼辣、能说会道，要不然也不敢到男人堆里讨生活，她在其中也算是个佼佼者。只是自从陈寅冬死了，自从来到这个小镇，因为背景与环境的变化，她竟有些疏于此道了，这会儿见了张玉才，那本领倒一下子复活了。

那么，是我搞错了，以为你迷了方向。再说我看天色晚了，也怕你一个人不太安全。张玉才话虽说得体己，神情却是不卑不亢。

这一来一往，就知道对方的深浅了。想不到这个年纪轻轻的一个小伙子，竟也有这样的胆识。到这个镇上以来，还从来没有人跟古丽这样说过话呢——有趣味，有分寸，有想头！

两个人说着话，一边就往前走了，自然，是张玉才略略走在前面带路。

走了一程，张玉才忽地想起什么似的，侧过身掀开古丽筐子上的布，看到里面还有几个花卷，于是，伸手在身上摸摸，掏出一毛钱来：正好，我全买了吧。

古丽这下是真的触动了，这个张玉才，何止是有趣，心思还这样细巧！这样贴心！

送到红嫂家，青青跟达吾提早就站在屋檐下心神不宁地张望了，古丽一到，他们全都如获至宝地叫起来，连红嫂都从屋子里搓着手出来，毕竟，古丽还从没回来过这么晚。

古丽顾不上理会红嫂的询问，又把扑到怀里的达吾提拉开，她忙不迭地要招待她在这镇上的第一个客人。喝茶。请坐。请进来。噢，这是红嫂，你认识的吧？她的招待明显有些失了秩序。

张玉才却还是那么定定心心的，站在那里，他听着古丽把红嫂、青青和达吾提一一介绍完，笑吟吟地点点头，才不急不忙地招呼一声告辞走了，竟是连门都没有进的。他举举手中的花卷：我也要回去吃晚饭呢！

一家人就这样被丢在门口，有些眼睁睁的样子看着他走了。张玉才的背影在暮色中一会儿就看不清了，只有达吾提还在嗅鼻子，并显出若有所思的样子。

这以后，古丽跟张玉才就算是熟人算是朋友了。说来也好玩，不认识的时候，大街上所有的脸都一样，古丽好像从没有在巷子里见过他。认识之后，他的脸总是老远就会从人群中浮出来，几乎天天都要碰面了。

古丽慢慢知道，张玉才可是正经的初中毕业生，因为读过书，家里人又有些脸面，正托人找了个老会计在学打算盘做账，看样子，以后是要做会计了。会计，这在小镇上，跟老师和医生一样，最是受人尊敬的行当。张玉才想来也是知道这一点的，他的神情之中因此比一般的人又多了几分自信，更添了他与众不同的一点气魄。

认识张玉才之后，古丽倒好像是天天都要迷路了，反正她心里有底，到了黄昏，总会碰上他——或者是他在找她呢！古丽只当不知道，她好像习以为常般地，一边说说闲话儿，一边跟着他走，从小巷走，从人家的屋子后面走，从河道边走，从小桃林里走，也不知是抄了近路还是绕得更远。

张玉才经常一边说话，一边回过头频频地看古丽，带着突如其来的激动凝视她微凹的眼睛。这样的时候——走在张玉才身后，走在这样僻静的小道上，感受张玉才的频频回头，古丽总是很快活的。她想，这便是日子里的好滋味呀，跟吃好东西、睡好觉是一样的……至于今后跟张玉才如何如何，她从来不想，一秒钟都不想，想了又有什么用？她结过婚，她有个儿子，她比张玉才大上十二岁，想这些干什么？不是白白让自己过不好日子吗……

4. 可是，有个姑娘，她却开始想了，她想得具体极了，美好极了，一直想到了结婚，想到了生孩子。是啊，这姑娘是青青。那天，她在门口第一次看到张玉才，她看到他笑吟吟地冲她点头。

在一秒钟前，什么处对象、谈恋爱呀这些事，离青青还有十万八千里呢，可是，等到这张玉才对她点了点头，一秒钟的样子，她突然就感到，一下子就来了，她的事情、她的命就这样定下来了，就逼到眼前了。她只愿意让这个小伙子娶她，她只愿意嫁给他。

青青的想法有些太过突飞猛进了，就像一个还不会走路的孩子，一下子却跑起来，还飞起来。因此，青青是完全把持不住了，她的内向、拘谨、生涩好像都给挤到一边去了，只要是跟张玉才有关的事情或细节，她都会像个不会吃东西的人一样囫囵吞枣地一口吞下去，不分青红皂白，不分酸甜苦辣。然后，等到夜深了，她才会一个人缩在被窝里，慢慢地一小块儿一小块儿地重新咀嚼回味。

自然，她所能得到的任何有关张玉才的信息，来源者只可能是古丽，青青一向对古丽是信服的、崇拜的，而古丽，想想吧，每当她说起张玉才来，用的又是什么样的语气和角度呢？这对青青来说，更加是顺风吹火、火上浇油了！

可光是这样听听又怎能满足？可怜的姑娘，她的胆子真是大得都要发狂了，她开始悄悄地跑到街上，寻找张玉才的身影……

好在她是在这镇子上从小泡大的，在张玉才还没有跟古丽碰面之前，她会先一步找到张玉才的踪迹。她看见他把手插在兜里走路。停在路边跟人说话。别人给他散烟，他客气地摆摆手。走过一家玩具摊，他孩子气地蹲下去，拿起一只会叫的塑料鸭挤出响亮的声音……青青着迷地盯着看，觉得他的每一个动作，每一个姿势，都再好不过了！

这少女的相思之情啊，太过猛烈，太过茂盛，她完全沉浸在自以为是的想象中，她以为这便是处对象了，她以为这样便是可以结婚了！青青闪在拐角口，按着像青蛙一样乱跳的心……一直要等到张玉才跟古丽正好“碰”上后，她才仓促地结束她的追寻之旅。因为，有古丽跟张玉才在一块儿，她就放心了，她知道古丽回家后会重述她跟张玉才之间的对话，她什么都不会漏过……

青青以为她正在浇灌着一个秘密，这秘密是她的，也是张玉才的，这世上切不可有第三者知道。可是，这世上怎么可能有不泄露的秘密呢？秘密是什么？是空气，是风，是水，是沙子，只要有一点点可能的空间，它们就泄了，悄悄地弥漫开来，众所周知，满城风雨。到最后，只有制造与守护秘密的那个人，还像守着风中之烛般地，在小心翼翼地用两只手围着、罩着，死命地护着。

最先识破青青秘密的是达吾提，这个小小的气味收集者。还是在睡觉之前的那一小段时间，当青青把熟睡的他抱到床上，他睁开眼睛，这次他没有看青青，只是看着前面的黑。

青青刮刮他的鼻子：又醒了？

达吾提短促地呼了口气：你的味道不对了。

嗯？青青笑起来，说实话，对于达吾提关于气味的各种说法，她从来都不当真，他不过是在玩游戏罢了。一个七八岁的孩子，不正是游戏的年纪吗？就像别的孩子喜欢木手枪喜欢弹弓，而他，则喜欢玩玩味道。这样想着，她便会装出认真的样子，陪着他玩。

怎么就不对了呢？你从前不是说过的，我的头发是芝麻味，眼睛是露水味，嘴巴是番茄味儿？

现在不对了。你身上满是大街的味儿。

大街的味儿又怎么了？

你的味儿乱乱的，糊里糊涂、傻里傻气的……哎，我问你，你为什么整天到外面转悠？

小东西，你倒管起我来了……青青有一点慌乱，但想想达吾提毕竟是个孩子，应当是无妨的，他哪里就能看破她的心思？

我不管你，谁会管你呢？达吾提的声音里忽然流露出一种深深的忧戚与同情，好像只有他才能真正替青青着想似的。

青青被达吾提的情绪噤住了，这八岁的孩子，像是最柔弱的，却又像是最犀利的。他为什么会流露出那种发自内心的悲伤？

青青，你不要出去了，不要再跟着他了。他来的那天，我闻过了，我就知道，他不会喜欢你……这个人与那个人，他们的味道，就像这个人对那个人的脾气一样，有的是天生合得来的，有的是永远都凑不到一块儿的……

你瞎说什么呢？青青小声地回应道。隔了一会儿，她终于忍不住问道：那你说他喜欢什么样的味道呢？我能变成那种味道吗？

你难道真的没看出来？他喜欢的，是我妈妈的味道。达吾提把他温热的小手伸到青青的胳膊上，他轻轻地抚摸着青青，隔着皮肤，传递出单薄而纯粹的亲爱。

少女却在突然之间枯萎了下去，软软地跌到达吾提一侧，她的头落到古丽的枕上，古丽的味道像无知的蛇一样钻进她的鼻孔。

5. 青青的萎靡与消瘦带着少女期的苍白，她因此变得好看了起来。晚饭桌上，古丽一边美美地吃着，一边飞快地看了她两眼，这对餐中的古丽而言，是难得的分心。

红嫂，看见没？青青长成大姑娘了，身量长长的，眼色水汪汪的。她兴高采烈，嘴里包得满满的，说得有些口齿不清。

哼。做母亲的有一点点得意，却还是压了下去。红嫂知道，再平常的女人，在做姑娘时，总有那么三四年，看上去是相当迷人的。

青青低着头，她不敢抬头，也不敢开口，生怕会招出眼里的一泡泪。听到古丽夸她漂亮，她自然是高兴的。就是到现在，她依然还是那么崇拜古丽，后者说的每一句话，她都会毫无保留地喜欢。

这几天，她慢慢地有些想通了，不那么绝望了，不那么怨怪张玉才了……他喜欢古丽，这哪里就能怪他？更不能怪古丽，要怪，只能怪自己，长得不好，味道不对……

等下了饭桌，用茶水冲过了嘴，又呆坐着舒舒服服地消化了一会儿，古丽的注意力才算完全地清醒过来。她暗暗地瞧着正在洗碗的青青，后者的动作有气无力，动作慢吞吞的……即使只是个侧影，也能感觉到青青被克制着的某种情绪。

那是什么？她在忍受什么痛苦呢？

古丽想了想，转到房间里去，达吾提正瞪着两只眼待在黑暗里。

古丽正想点灯，孩子却喃喃地说：不要点，看到灯，我眼睛就会疼……

古丽于是也待在了黑暗里，她仍在想方才的问题。一个十九岁的姑娘，会为什么伤心？自然，应当是年轻人的心事。那么，又会是谁呢？在这个镇上，青青会为了谁？她都认识些谁？

这么稍稍推理了一两步，答案就水落石出了。古丽为自己的聪明高兴起来……可是，等一等，这么说，事情的结局要提前到了，在她与张玉才之间？

张玉才现在已经不再假装是偶然碰到古丽了。他与古丽之间，实际上已经有了默契。他们会在那家裁缝店前碰面，然后一起漫无目的地东走西走。

古丽喜欢向张玉才回忆她从前在铁路工程队的事情，她那时，比现在更年轻、泼辣，敢当着一大群男人的面就跳起舞来；头上的纱巾从来都跟别人不重样，走在荒地里，人们老远就会认出她……张玉才笑眯眯地听着，一半是折服于古丽的塞外风情，一半是沉醉在双方的爱慕中——他们没有拉过手，好像也不曾想过要拉手，更不要谈别的。他们好像真的只是简简单单的爱慕与喜欢，这爱慕，真实、轻松，而不必担心来路与去程，因为结果是明摆着的，他们都一清二楚：他以后会娶一个别的姑娘，而她，则会继续像阳光一样明媚地活着……

可是，古丽现在明白，结果要提前到来了——她必须让张玉才对青青有所反应。这事情虽不是她的乐趣和愿望，但她怎么能不帮青青一把呢？她和她可是一家人，都是陈寅冬的家里人呢。

6. 张玉才对古丽的话表示了巨大的诧异，乃至愤怒。他看着古丽的唇，像是头一次注意到她有两片这样的唇似的，她的唇，竟然也能说出违心的话？这还是他天天陪着走的那个古丽吗，百无禁忌、由着自己性子的？

她的唇说：你该成个家了吧！先成家后立业嘛，成了家再好好把会计工作做好。

接着说：我替你说个姑娘，保证是最适合你的。因为我最了解你，也了解她。她一定会是世上对你最好的人。

又说：你可能见过她的。就在红嫂家，她女儿。也是……我女儿。你要相信我，我帮你看的，肯定没错。我不会害青青，更不会害你。

还说：你不要不好意思。这种事情，男的总归要主动一点对不对。我帮你，你写张纸条，或者说个口信，我一定帮你好好带到，约她出来，你们见面。

张玉才把目光移开，他不能不感受到古丽的心肠，那种像天一样大的善，以及不假思索的傻，这其实还是率性了——所以，这还是他的古丽，那两片唇还是她的唇。他的心一开始还气得发红呢，这会儿却软下来了，疼起来了，都不能碰呢。

青青，自己应当是见过的，但模样记不清了，这说明她长得可能很普通，并且相当内向。不，也不是说他张玉才就一定要将来的新娘能像古丽这样，但是，他，怎么能平白无故地就去约一个几乎还是陌生人的姑娘？

但是，这是古丽对他的要求，是古丽的决定，是古丽的性情所在，也是古丽对他的情谊所在，她把他都当成自己的人了，她能做到的，她想他一定也会做到——对某事的放弃。对某人的慈悲。这是她代表他们二人所做的决定。

张玉才看着古丽的眼，他点点头：那我听你的。

然后，他就哭起来，很失体面、很没出息了，往日的镇定与自信一下子没了。他把手紧紧地缩在口袋里，防止自己一下子失控了，会走上前搂住心爱的古丽。

四

1. 现在，红嫂是完全闲下来了，从来没有过的闲。这一闲，日头似乎就显得无限的长了。家里面的那种空空荡荡，都能听见灰尘在往下落了。红嫂坐着，几乎要瞌睡了，却又不敢睡，生怕夜里睡不着。现在，她经常地就在夜里突然地醒了，特别是凌晨四五点的时候，醒了便只好想东想西，想从前的许多事情，想得心里空落落的，什么事情都不踏实似的。

是因为青青吗？要说起来，红嫂倒是家里最后一个注意到青青的消瘦的，像张薄薄的纸片，总待在屋里不出来。注意到之后，红嫂却又连忙装作毫不在意。

自然，红嫂并不知道这里面有张玉才的缘故，但她自有她的逻辑——毫无疑问，女大当嫁，女孩子家十六岁就可以说合婚事了，而青青，眼看着就二十出头了。可到现在，连个上门提亲的都还没有，这在东坝，已算有些迟疑和困难了……

这镇上，男女的姻缘还是要靠媒婆来牵线搭桥的，而那媒婆，也像生意人似的，自然也要找出色些的男男女女，一来路子轻巧，二来容易成交，说出来更加响当些。而从一个媒婆的专业角度看来，青青这样的条件可能是有些尴尬的吧：模样长得平常，父亲亡故，家中人丁又多，关系可疑，唯一的男丁只是个才八岁的孩子……不过，红嫂几乎是骄傲地微微笑起来，他们知道她红嫂有一笔款子吗？那要是拿出来，都能吓他们一大跳！吓完了之后，他们准会一个接一个地上门来，给青青说合这镇上最有出息的小伙子。

是啊，红嫂曾经跟自己说过，不到万不得已，她决不动那笔钱，只是，不知道，青青这事，算不算是万不得已呢？再说，陈寅冬当初的意思又是如何？这笔钱，红嫂要是拿出来用作青青的嫁妆，对古丽和达吾提来说就太不过意了，看看，达吾提，才那么小，保不定以后会有什么吃紧的事急着要花钱呢。

红嫂想了一会儿，没个头绪，浑身却开始燥热起来，头皮痒，后背痒，胳肢窝痒，脚指丫也痒，毕竟一个冬天都没有洗澡了。看看日头还早，红嫂决定洗把澡。她到灶间烧了满满四瓶开水，又把房间的厚帘子放下，她这里开始洗了，又叮嘱青青继续在厨房烧水。

氤氲的热气顺着木桶的边缘升上来，红嫂脱了衣服，坐了进去。这还是今春的第一把澡呢。红嫂往身上撩了些热水，她低下头看看自己的身子，有些陌生似的，这是从没人细看过的身体，就是陈寅冬，每年他回来，总是冬季，他只在被窝中默默地摸索……也许，这木桶，这热气，便已是红嫂最亲密的抚摸了，她这辈子，不会再有别的了……

而古丽，她倒是未必的，她的身体，或许还会遇上新的目光吧……

这段时间，红嫂注意到张玉才跟古丽的交往，自然，他们并没有什么。但红嫂能够看出古丽从中得到的愉悦，这也许是到目前为止，她在这个小镇上所能得到的最大乐趣吧，她的生活里，如果没有一个相当的异性，那也是太不公平了……

镇上有一些人也注意到了古丽与张玉才，他们看了一会儿热闹，对古丽的大胆感到瞠目结舌，不可思议。这样看了一阵，又有些不安了，觉得如果再看下去就对不起道德良心了。于是，他们做出串门的样子，来到红嫂这里，寒暄几句，接着直奔主题，有些不好意思般地，提起古丽跟张玉才的事：张玉才还是个小伙子，他不懂事也就罢了，可古丽！陈寅冬死了，您这里好心收留下她，她怎么能这样？她这个样子，别人不好说，你红嫂可是要出来讲一讲的，要按老理儿说，她算是小的，是偏房，您是大娘，该服你管的……

红嫂带着些笑，点着头听他们说完，再寒暄几句别的，最后客客气气地送了他们出门。然后，她便把他们的话给忘了。

在这件事上，红嫂打算好了，主意定了，她永远都不会讲古丽半句……没有人会相信，她其实是希望古丽这样的，她在暗中瞧着，高兴着，并朦胧地分享到一些新鲜的气息……古丽是红嫂不可能的生活，是她下辈子的理想，一个人为什么要阻止她下辈子的理想呢？

快要洗完了，红嫂才马马虎虎地洗起了她的胸部。一直以来，对胸部及私处，她总是有着很强的羞耻感，几乎不喜正视。这会儿，她偶然地低下头，吃惊起来——明显地，她的胸部比从前大了许多……而实际上，自从生下青青，她这里便基本是软塌塌的了……红嫂涨红着脸，骂起自己，这种岁数，这里怎么就能大了呢……一边勉强地隔着毛巾摸摸，哎呀，竟摸到些硬硬的肿块，像是没烧烂的肉坨坨似的，怪不得，这些日子总感到胸前有些坠坠的胀，总以为是冬天衣服穿得多，她又往胳肢窝方向移了移，真是蹊跷，连腋下都有块块肉了，而且还疼起来……红嫂感到一阵恶心，对反常肉体的恶心……当然，还有淡淡的疑惑，这难道也算是病吗？要瞧医生吗？要撩起衣服给别人瞧？

嘿，哪能做那种事呢！红嫂飞快地想了一下，立即把这想法给拍死了。同时很快地开始擦干身子，她不想在这方面再作任何的纠缠，一个五十多岁的老寡妇了，竟还要为了胸脯里多了些块块肉而大惊小怪，那不把全镇的人都要笑话死了，她以后还要不要出门了？反正，平常要是不碰到，也并不感觉怎样的疼痛，而一个正经女人，哪里会想到碰这种地方呢？

青青隔着门问还要不要烧水，红嫂也就一下子忘了她的胸部了，坚决而彻底地忘了。是啊，青青，她现如今应该集中精力去想的是青青。她回到洗澡之前的思路上，为了青青的终身大事：是否，该把那笔钱跟古丽说出来？看她能不能同意，先让青青占个肥嫁妆的好听名声……

2. 青青在厨房烧水。对着灶里熊熊的火焰，她发起了呆。从昨天晚上到现在，不论看见什么，她都会发呆。

就在昨天晚上，她刚刚把达吾提放到床上，替孩子整理好被角，正准备下床，古丽突然进来了。青青正准备张口，她“嘘”的一声，把食指放到了唇边，似乎不想让红嫂听到她将要说什么。她手上的戒指在夜色中一闪，带着不可思议的迷人。

青青，有小伙子喜欢上你啦！你猜猜是谁？古丽压低嗓子，神秘地凑近青青，她的夸张像热气一样地朝着青青的脸颊扑来。她为什么这么激动？青青回头看看达吾提：他今天怎么真的睡着了？要不然，他也许可以嗅出，古丽的这股热气，是否意味着别的什么？

……

你猜不出？不敢猜？古丽咻咻地喘起气，显得有些焦急起来。

……

张，玉，才，他，喜，欢，你。古丽一字一顿的，并把青青的脸扳过来一点，使她正对着门缝里透过来的灯光。古丽想看到青青对“张玉才”名字的反应。

青青却垂下眼去，像一个人拉上了窗帘。在这短短的几个月里，青青的身子是单薄了，心却丰厚起来。就在听到“张玉才”名字的一瞬间，她就宛若天助地得出一个判断：古丽说的不是实话。

真的。这种事怎么可能骗你？就在今天下午，张玉才，他，托我捎口信给你，约你出去。古丽开始加重分量，她误读了青青拉下的眼帘，以为那仅仅是少女的害羞。

……

你不信？傻姑娘，你想想，要不是因为你，这些天，他怎么会一直盯着我呢！我都跟过陈寅冬了，我都是达吾提的妈妈了，你说，他没事跟着我干什么呢？他呀，花着心思呢，就是想从我这儿打听打听你的情况，问问你：平常都喜欢吃什么？什么时辰起来？晚上睡得好不好？喜欢什么样儿的人？

古丽沉浸在一种自我牺牲的情境中，以至出口成章地进行了突发奇想的虚构。她把张玉才问过她的那些话统统回忆起来，并一股脑儿换到青青身上。甚至，像生怕青青不乐意似的，她还煞有其事地夸起张玉才来。

要我说，青青，找对象也不要太挑。要说这个小伙子呢，还真是要长相有长相，要工作有工作，要人品有人品，绝对是这镇上数一数二的，你跟他呀，我看挺般配……

你们呀，先到裁缝店后面的固桥那里见个面，边走边说说话，你要觉得还行呢，人家张玉才可就要正儿八经地托了媒上门了……

这种牵线搭桥的话儿，一旦起了头，往下说起来就有些滔滔不绝了。夜色之中，古丽的眼睛闪烁起光芒，她几乎说服了她自己，她几乎相信她说的就是真的。

青青终于抬起眼睛，看着古丽，专注而冷静，后者因此不安地停下叙述。

你对我实在太好了……青青有些慢吞吞地说。

没什么，也是受人之托嘛。也是顺水人情嘛。青青神色中的黯然让古丽感觉到些什么，她突然感到一阵气短和懊恼，她想她刚才也许说得有些过了。有些时候，就是这样，用力不当，用力过猛，都会中途坏事。那头，好不容易才说服了张玉才，总不能在青青这头给断了吧。这一想，古丽更加急了，却不得不忍着性子欲扬先抑，把方才的热烈猛地削去一半。

当然了，青青，这终身大事，主要还是看你自己。所以你看，我特地先跟你悄悄儿地说，还瞒着红嫂呢，你这两天好好想想。想定了，把回话儿给我，我再给你捎给他，好不好?

然后古丽就急急忙忙地出去了。她不想让青青现在就把话给说死了。她相信青青只要睡一个晚上，只要做一个短短的梦，只要稍微想一下张玉才的背影和走路的样子，她就会克服害羞与不自信，她就鼓起勇气来，会吞吞吐吐地找到自己，答应那个在裁缝店后固桥边上的约会。

当晚的青青没有梦到张玉才，因为她根本没有真正睡着。从夜里到白天，她一直都在紧张而低效地思考：那个固桥边的约会，去？还是不去?

古丽所说的一切，她知道，是不真实的，这一定是古丽，为了帮助（同情）自己，而硬生生地把张玉才给拉过来的。可是，情感怎么就打不过理智呢？青青同时又在想：万一,万一！古丽说的就是真的！那人就是真的喜欢上自己呢……而且，就算真的假的都不管，为什么自己就不能跑去跟张玉才见上一面呢！只要跟他一起站上那么一小会儿，看看固河里的水草，看看他的鞋子和裤脚，哪怕一句话不说，那不就够了嘛，这辈子难道还指望别的什么吗?

青青默不作声地坐在厨房，一动不动，只看着灶膛里的火，左摇右摆，忽上忽下，她想，那火里烧的哪里是柴？分别就是自己的心了。

忽然，外面传来达吾提的脚步声，青青微笑起来，想到一个好办法，她的心终于可以不必再这样被焚烧下去了。

青青几乎是轻松地站起来，问东厢房里正在洗澡的红嫂：还要再加烧一锅水吗?

3. 达吾提蹲在院子的墙角下。院子外各色各样的气味像一大群顽皮的伙伴似的，在竭力地呼唤他引诱他，可是没办法，他没法出门。他真的没法再忍受外面的阳光了。

不过才是暮春，阳光为什么就这样刺眼呢？像嗡嗡叫的蜜蜂似的，像浓得让人头晕的油菜花似的，达吾提蹲在墙角下，他小小的身子蜷成了一个拳头。他紧闭起眼睛，并用手掌遮住阳光，这样，他才稍微感到舒服一些。

达吾提一直在想着，他得跟谁说说他的眼睛。他的眼睛，让他很吃力。白天，远的东西他压根看不见，近的东西又总是模糊的。而过分强烈的光线，都会让他的眼睛不由自主地发痛，像有针在刺，他揉一揉，眼泪就成串地掉下来，但达吾提知道：他是个男子汉，这不是在哭。而到了晚上，情况就更为奇特了，所有发亮的东西，油灯、瓷碗的边缘，古丽的耳环，青青眼里的水，这些亮闪闪的东西就全都被放大成一团团的光晕，到处朦朦胧胧、影影绰绰……

好在，他有鼻子，他的鼻子就是他的眼睛，红嫂给他端热汤了，青青给他穿衣服了，路上有小狗来了，前面有条木桥了，旁边来了辆自行车了，他的鼻子都会提前告诉他……

但是，但是，达吾提真的很想找个人说说他的眼睛，他感到他快要失去它们了。可是跟谁说呢？红嫂，不。青青，不能。古丽，更不能——在达吾提看来，家里那三个女人，某些地方，总让他觉得可怜，是不能依靠的，他不能把他的问题再加给她们……

因此，当青青向达吾提提出一个请求——代替她到固桥边去跟张玉才见面——达吾提几乎要跳起来了，是啊，怎么没想到？其实可以跟一个外人说说，说说他的眼睛。

达吾提答应下来，同时，他嗅出青青嘴中的腥气，根据他的经验，这种气味往往源自那样一些人：情绪紧张或者身体不够舒服。

去见他……嗯，做什么呢？达吾提问，事实上他愿意帮青青做任何事，以报答她每天晚上抱他上床、帮他掖被子。

不做什么……我想，就是见一面，跟他站一会儿。反正，你只管去就行了，千万不要乱说话……青青沉吟着胡乱地答道。显然，她仅仅才想到了第一步，事情的下一步她胸中无数，也无能为力。再说，一个八岁的孩子，她能指望什么呢？

奇怪的是，达吾提发现，当妈妈古丽发现是自己代替青青去见张玉才时，她突然显得很失措，一会儿钻到青青的房间低声嘀咕，几乎在哀求着什么，一会儿又脸色不定地跑出来发愣。看到事情的无可挽回，终于有些怒气冲冲的样子：你这孩子，真不懂事，怎么就当真要去了呢？你这回是给青青帮倒忙了！同时，达吾提闻到：妈妈的嘴巴同样带着焦灼的腥气。

她们都在因为着什么而如此异常呢？

达吾提带着两个女人的不安赴约了。

固桥下面的河就叫作固河，河水看上去并不那么清澈，这是下游，穿过整个小镇之后，在这里，河面聚集着菜帮子、竹竿、木片以及一些泡沫。河水并不深，但仍然拍打着桥墩，有哗哗的声音，并散发出混浊的气味。

固桥上的两个人，都还没有说话。

达吾提脸俯向河面，像一个小酒鬼似的，深深地嗅着发酵的河水。而张玉才，则跟他相反，他把脸冲着街面，路上基本没人。固桥这里，其实是很适合男女第一次私下约会的——古丽所选的地点倒是很不错的。

想到古丽，又看看旁边的达吾提。张玉才感到了一丝惆怅，其中又夹杂着庆幸与疑惑。无疑，那个叫青青的女孩子是不来了。从表面上看，他是被拒绝了。不过，对这结果，他感到亲切，并隐约体味到那个姑娘的聪明与骄傲，她是个好姑娘，他钦佩她，不过，这跟其他情感没什么关系。

张玉才现在搞不懂的是：面前这个男孩子，古丽的儿子，他到底是谁的使者？

张玉才犹豫着，决定还是先等这个孩子开口。

其实，我看不清你长什么样儿。所以，我也不知道她们到底喜欢你什么。达吾提突然回过头说。

你说什么？张玉才往前走了一步，这孩子的口音跟古丽一样，带着异乡的底子。她们？

达吾提答非所问：不仅是你，我现在谁都看不清啦。我眼睛坏了。现在我只能看见一点点光了……达吾提说着又把头冲向河面儿了，好像他是在跟河里的那些脏东西说话似的。看样子他今天只想跟人谈谈他的眼睛。

张玉才听出孩子声音中的痛苦。这痛苦真实、细小，富有感染力。于是他把他的疑惑丢到一边。你……是说，你眼睛不舒服了？那，跟她们说了没有？

这是治不好的。我从小就不好，她们都没发现。我甚至可以继续这样睁大眼睛装下去，只要我有鼻子，她们可能永远都发现不了……

你还小呢！哪里就治不好了！我估计是近视吧，一种假性近视，可以治的……张玉才想起他仅有的一点关于眼睛的常识。

达吾提似乎根本就不听张玉才的话，他只是需要说。跟一个人说出来。

……从前，在工程队，那是我从小长大的地方，我们小孩玩瞎子游戏，把布条往脸上一蒙，不管是比赛摸人，还是摸东西，我总是最快、最准……从小到大，那是我最喜欢的游戏了……到了这镇上，一开始我还有些害怕呢，什么都看不清楚，但没关系，幸好我有个好鼻子，那就行了……我花了两个月的时间跟着青青，走遍这里的每个地方，我用鼻子记下每个路口的味道，这样，以后我就会认路了，你知道吗？我从不会迷路，这一点，我妈妈不如我……

达吾提对着河水，在谈论他眼睛与鼻子的过程中，他提到了青青，又提到古丽。每说到一个，都会让张玉才有点分神，他想，也许接下来这孩子就会谈谈她们当中的一个，这样，他或许就能听出：古丽所操纵的这次约会，真正的背景到底是什么？当然，这并不重要，只是，作为一个年轻的男子，他在情感深处的一点点虚荣。

可是，达吾提不说，眼睛的伤痛使他淡忘了他的角色，他完全忘了他所肩负的重托，忘了在他出门之前，青青左一遍右一遍帮他梳头、整理衣服，而古丽，则在一边焦躁地转着，欲言又止……等他一切准备停当，准备走出院子，青青终于飞快地在他耳边轻轻地说了一句：记着帮我拉拉他的手。

可怜的小达吾提，他都忘了拉张玉才的手了，倒是张玉才，慢慢地蹲下来，捧起达吾提的小脸，看他脸上凹进去的眼睛，湿漉漉的，像清晨起了大雾的水面——多像古丽的眼睛呀，只是，他从来没有机会这么近地靠近古丽的眼睛……达吾提也在看着他，两个人对视着，固河的水在旁边哗哗流着。

达吾提突然笑起来，慢慢闭上眼睛，皱起鼻子：你瞧，这么近，我都没法看清你，不过，我现在知道她们为什么喜欢你了……你闻起来就像秋天的麦草垛，干干的，厚厚的，很暖和……

听着孩子突如其来、莫名其妙的比喻，张玉才不知为什么特别地难过起来，可能他还没有习惯达吾提的这种表达方式，也可能是他想到了别的什么，总之，他突然把达吾提搂到怀里，把他像麦草垛一样干燥火热的嘴唇贴到达吾提的眼睛上，这双跟古丽一模一样的眼睛。

半个小时之后，当达吾提回到家中，当青青悄悄拉起他的小手准备放到嘴上时，达吾提却抽出手来，把自己的眼睛送上去：对不起，我忘了拉他的手了，不过，他亲过我这里。

于是，青青冰凉的唇像张玉才一样再次贴到达吾提的眼睛上。这两个吻啊，这么相像，这么接近，却又如此遥远，相隔万里。他和她都没有吻到他们的心上人，永远吻不到。只有达吾提，他感觉到那极为陌生的颤抖，像火与冰在瞬间的拥抱，这是他无法记忆和保存的气味。

4. 张玉才还想再见古丽一次，跟她说说达吾提的眼睛。可是，他发现要见上古丽一面现在有些难了。

她不再出现在裁缝店一带，不再出现在他们从前有过默契的任何地点，显然，她在有意地躲避他。有时，在一个巷子里，他走进去，恰好看见古丽挑着吃食担子的身影，他加快步子走上前，古丽却更加快速地往前走，因为挑着担子，她有些吃力，但仍不肯放弃，鞋子危险地拍打着石板路面。张玉才只得停下来，他害怕古丽跌倒。

张玉才不知道，古丽把上次那个约会的失败归罪于自己。为了给自己一个惩罚，古丽决定：不再见张玉才，永远告别跟张玉才在一起的那种快乐与放松。其中，有对青青心思的难以理解，也有对张玉才不够热络的失望，更有对自己的怨恨与自责。她想：如果没有她古丽，如果她从头到尾都没有跟张玉才说过话、走过路、谈过心，说不定，那张玉才，就会顺利地喜欢上青青，他们会按部就班地请媒、相亲、订婚……是她毁了青青可能的美满婚姻。

张玉才决定停止对古丽的追寻——真要追到她，哪里会难？这个小镇，她怎么也不会熟过他的。但是，张玉才停下了，他想，或许他该遂了古丽的愿，不再见面。

——在骨子里，张玉才其实还是悲观的，从迷上古丽的第一天起，他就在等这个结果，只不过，这结果来得早了些、突然了些。从热络到分手，这里面的必然性，不是情感浓度的问题，不是忠贞与否的问题，而是这个小镇的道德，是这个小镇的风尚。他，张玉才，二十三了，从现在开始，他得正经准备他的婚姻了。此前的一切，在人们的眼里，都算是花絮与练习，是不作数的，是可以原谅同时也是要被故意忽略的……张玉才本非纵情之人，他并不想去突破和违背这些，他只是希望，能够再跟古丽说几句，他想告诉她，这些天，他跟她一起走过的那些路，他会一直记得，记一辈子……当然，还有达吾提的眼睛。

张玉才只得找红嫂去了。

这是他第二次到红嫂的家。上一次，是第一次结识古丽的那天，也是看到青青的那天。张玉才感到这次上门是有些尴尬的，这个时机也是非常不当的。但他还是逼着自己敲起了门。他一定得让大家一起来替达吾提的眼睛想办法。

红嫂正坐在厅堂里拣红豆，看见张玉才，她想站起来，不知为何，她僵在那里，整个人都不能动弹的样子。于是她大声喊起来：青青，来扶我一下。

青青出来了。她扶起红嫂。自然，她看见了张玉才，但她就有这个本事，脸都没红一下，眼皮都没抬一下，像是根本没有这个人似的，像是根本没看见一样，又进了里屋。倒是张玉才，脸皮明显地红了，像是心虚起来。

红嫂身子是有些不便，眼睛却还是灵的。青青，可从来没有这么无礼过呀！她在心里拍着大腿恍然大悟，原来青青还有这番心思。只是，唉，红嫂看看张玉才俊俏而坦荡的眉眼，想起了古丽，她在心里叹口气，风月之事，她虽不精，但这样一个青年，结识过古丽之后，要让他再跟青青好上，是有些难了。就是有那笔钱拿出来做嫁妆，都是不妥当、不厚道的，都是要委屈人的，既委屈青青，也委屈这小青年。

红嫂正在心里徘徊着，张玉才急急忙忙地开了口：红嫂，跟您说个事，达吾提，他眼睛得病了，怕是很严重呢。我昨天问过我一个城里的亲戚了，他这种情况，像是弱视，虽然现在有些迟了，但也不是没得治，不过要抓紧，要到城里去开刀矫正……我……因为见不到古丽，所以就来找您了……

我说呢……这孩子，不论什么东西，都不是用眼睛看，却是用鼻子在闻……红嫂喃喃自语。她现在觉得她胸脯那里是一点不痛了，或者说，这痛，跟达吾提的眼睛比，算什么呀？达吾提，才八岁呢，又是个男孩子，是陈寅冬血脉里唯一留下的苗苗了……

你问过了，开了刀，还能有治？红嫂现在只担心那笔钱够不够用了，以前总觉得那钱是永远也花不完的，现在倒担心了，眼睛呢，那肯定是要花大价钱的。

有治，肯定有治。张玉才斩钉截铁地说。其实他也并没有那么大的把握，但他愿意给人以好的念想。再说，他看到，青青忽然从门里冲出来，眼睛里一下涨满沉甸甸的泪珠，那样急迫而信赖地看着他……

5. 现在，红嫂甚至连转身都有些困难了。特别是左边半个，那种钝钝的疼，带着无限的重量似的，拉着她的胳膊，她的后背，她的腰。她从凳子上站起，她挂个篮子，她铺床被子，都是一次比一次更艰难的挣扎，她终于不得不呻吟起来。

达吾提站在红嫂的身后，红嫂走到哪儿，他就跟到哪儿。终于，他把古丽和青青都拖到红嫂跟前，他声音有些发尖：红嫂病了，很重。真的，我闻到她身上病的味儿了。

达吾提的样子还跟从前一样，他以为他还装得像一个健康的人，像那许多有着明亮双眼的孩子。他看不见青青在他的后面掉眼泪，看不见古丽像桃子一样肿起来的眼。当然，他曾经闻到过空气中泪水的味道，但他像大人一样不以为然地摇着头，以为那是女人们又在为了张玉才而烦恼……

家里人不跟达吾提谈论他的眼睛，好像那只是他的一个小秘密似的。而现在，在达吾提的秘密边上，又长出了红嫂的另一个秘密，像并蒂莲似的，雪白雪白，从黑亮的污泥中生长起来。

保密。你们谁也不准往外说。这是丑事，一说出去，就等于脱光我的衣服……古丽，你知道的，我们家青青还没办事呢，咱们达吾提还小呢，别让这种事在外面传来传去的……记住，不要找医生瞧，不要搭理别人的问长问短……你们就让我慢慢地这样病着好了，到最后，该怎么样就怎么样，我不会怕的……红嫂以一个别扭的姿势坐在床边，她逐个地把家里人一个个地看过去，寻找她们眼中的承诺。

古丽让青青带着达吾提离开。她关上门，拉上厚窗帘子，她含泪解开红嫂的衣衫，她要看看并且摸摸红嫂……一个老年妇人的身体，松弛而迟钝……但在胸部，那女人身上本该最柔软的地方，却古怪地坚实起来，一坨一坨的，像打结了，像结冰了……

古丽看看红嫂，脸色突然涨得通红，憋了很久才说出来：红嫂，您还是去看看吧，人都这样了，还留着那钱做什么……您就把那……把陈寅冬的那笔钱拿出来去瞧病！你放心，我跟达吾提保证不会要其中的一分钱，达吾提的眼睛，那是没有救了，他没有眼睛也照样能过活……等您身体瞧好了，我们一起多做些吃食卖，夏天，我还要批发冰棍儿卖，我好好儿地卖，不再跟任何人在外面瞎逛，我保证一天能卖两天三天的钱，咱们几个好好地赚，钱呼呼地不就来了……古丽滴下热泪，像要把红嫂胸前的硬块块儿给化了似的。

红嫂先是愣住了，愣了好一会儿，上上下下地看了古丽一会儿，然后，快活地张开嘴巴大笑，可是这一笑，她的肋骨又给拽得吃不消了，痛得她泪都涌出来：好个古丽，原来你知道有那笔钱，可你从来没提过，你真是个坏家伙……看你出的什么主意！那钱要用在我身上，就等于是拿钱去打水漂了，你看看我的脸，看看我这身子，再多花一分都是作践呢……不过，好妹妹，有你这句话，我就感到好受多了……哪天呀，你吃食卖得快了，得空了，你就早点回来，我们要好好合计合计，咱们朝着西北方向敬炷香，也远远地跟陈寅冬说说，他那笔钱呀，咱们要用在达吾提身上，带他到城里去开刀，让他的眼睛，比你的还要亮还要好……我们还要用在青青身上，给她置份好嫁妆，让她找个好婆家，要她将来的对象呀，最起码，跟张玉才差不多……

她们一齐轻轻地笑起来，像不知名的花儿，散发出淡而哀伤的香气。

2006年2月21日初稿于方圆绿茵

2006年2月27日二稿

一

1. 小学里的束校长，该算作是东坝的知识分子吧，人们普遍这样认为，他自己，在衣着、举止、气度等方面，亦颇有自知与自觉的意识。

他有两套中山装，一套瓦灰，一套藏青，在他认为重要的场合，轮流上身。他脚上的布鞋，鞋底与鞋帮间那外围一圈，长年保持着不可思议的白。

他一到学校就戴上蓝黑色护袖，下班后离校，这护袖常常忘了取下，人们在路上碰到，注意到他袖口下端的一圈白粉笔灰，觉得他真是特别的“校长”了。

他骑自行车，碰到再小的沟坎，也必要下车缓缓推着过，那推车的模样，形容不出的斯文与镇定。

快过年时，他替乡邻们写对联，贴在门上，连不识字的走过，都会站下来看，并觉得特别好。

2. 束校长一直希望，他能像个真正文雅的知识分子那样，读些千古书，想些千古事，可是不行啊，他的烦恼，实在太那个了！

比如，厕所问题。

东坝小学没有厕所，但有两百多名学生、八个教师、一个校长。谁都是吃五谷杂粮、有进有出的，没办法，他们就一直在学校附近的杜老头家借厕所用。

杜老头，人老，他的精明也很老。在东坝，谁都知道，人粪是最好的肥料，比猪屎羊屎都养地，比花钱买的尿素划算，有这么多的人去他家方便，应算是捡了大便宜吧。可是，杜老头不这么认为：娘的！这些小东西，正在长身体呢，但凡有点养分的都被他们吸收光了，出来的，光是臭，特别臭，却一点都不肥。还有啊，这些崽子们，屙屎撒尿的都不好好蹲，三个坑都给用得没法下脚，每天倒要费水冲刷好几遍……娘的，谁叫咱家靠小学近？唉，就当是做善事，总不能叫他们把屎夹在裤裆里念书吧！

杜老头每次见到束校长，都会这样用语粗俗地大声抱怨上一大通，次数多了，束校长便开始觉得惭愧，似乎他真的欠下了杜老头一大笔。但能怎么办呢？只能这样欠着。

总之每天，东坝小学的课间十分钟总是这样的风景：一下课，钟声尚未停下，孩子们就连跑带跳地穿过一片掩映在绿荫之中的窄路直奔杜老头家的后院，排队，男生一批女生一批轮流使用。男生还好说，女生就特别麻烦，又是裤腰带又是裤眼儿的，摸索老半天，特别是那些一二年级的，动不动裤腰带就打死结了，只得眼泪汪汪地等高年级的女生帮忙……外面等着的男生就不耐烦了，嘭嘭嘭地拍起用竹片做的门板，越是催里面越是急，那根长布条腰带像死了似的怎么也解不开，为此，真有不少倒霉的孩子不得不红着脸去跟老师告假，叉着双腿回家换那尿湿的裤子……

好不容易一个个都解决了问题，轻松了的孩子恢复了劲头儿，他们抓紧时间在杜老头家四处乱窜，做各样的试验和恶作剧：抓一把白米撒到水缸里，在灶膛里放一块砖头，把母鸡捉起来捆住翅膀，在杜老头的水烟杆里塞根火柴……诸如此类，皆是最富创造性与娱乐性的课间活动。

在地里做活的杜老头直到收工回家才会发现这种种怪状，自然怒不可遏，总站到后院门口，隔着弯弯的小径，王八羔子小兔崽子什么的一阵放声大骂。正在上课的学生听到他们设下的炸弹已准时爆炸，得意地在下面咕咕乱笑，讲台上的老师不得不停下来花费几分钟来训斥一番——如此情景，日日上演，已成为老师们的心头肉刺。

特别是束校长，虽然明知是学生不懂事不争气，可他就不喜欢听杜老头这样骂。他自己骂没关系，老师们骂也没关系，可外人骂，不行的，他总觉得像在扇他的耳光，百般地委屈、失颜面。

故而，就因了这厕所，束校长对杜老头怀有较为复杂的感情，一方面是欠，另一方面是怨。总之，除非不得已，束校长总有些绕着杜老头，避免正面相逢。

当然，他自己也是要上厕所的，包括其他八个教师——多么无奈啊，这个厕所，搞得他们多少失去了些神秘感。虽然他们总是等上了课再去，以免跟那些熬不住的孩子们抢地方，这样，还多少能保留些不紧不慢的夫子风度，但是，真不巧，在去往杜老头家后院的路上，总是会碰到他们不想碰到的人：男老师会碰上杜家秀气的小媳妇，女老师会碰上高中毕业的小会计，当然更多的，是那些半熟不熟的村民。他们迎面走过来，尊敬地放慢脚步，用那种体己的声调客气而亲热地说着：噢，老师啊，上厕所呢？听听，这是什么话。

也曾打过报告给上面申请经费的，可张干事说了，哎呀，别的小学都是打报告要求买课桌买地球仪买油墨机，噢，你们东坝小学倒要钱盖厕所——厕所，对一个小学来说，不是必需品，而是奢侈品，明白吗？

明白了。越明白便越丧气。总之，厕所问题，让束校长困扰极了。

3. 作为知识分子，束校长解忧的办法，自然也跟东坝的人们不大一样——东坝人会蹲下来抽上几口烟，或喝上点陈皮米酒，或是关了门睡上一觉。这些，束校长皆不喜，他一般是在学校教室后面的“瓢地”慢慢走上一圈。

东坝小学没有围墙。教室前面就是操场，操场前面就是大路，而两排教室之后，则是块不大不小、状若水瓢的空地。这“瓢地”，因背着阴，不远处临着河滩，当中间又竖着根电线杆，故是不成用的，只听任它胡乱地长了些草，堆了些不知何时留下来的旧砖石、碎贝壳。杜老头家的鸡们常在此四处觅食，偶尔有人把羊牵来吃草。那电线杆下，只要有狗儿经过，都要抬了腿出恭。

曾经，束校长是想过，这块瓢地，应当种上桃与柳，槐或榆也可，总之，春来了，有红有绿；秋来了，有落叶与果实，让学生们来观察，然后做作文，顺便，还可以跟学生讲讲“十年树木、百年树人”的道理，该多好——这是为公。要是完全照他本人的意思，就单种竹子，一天天瞧着它茂密起来，连成一片，风过处，飒飒有声，就是叫唐朝的诗人来瞧了，怕都是对得起的！

但一直没有弄。束校长实在也算是很典型的知识分子：许多事情，头脑里想得比谁都美，只是就一直停在头脑里，没有行动。

不过，这会儿站在这里看看，瞧眼前这完全天然的野趣，倒也真符合束校长的心境。他的心里，跟这地一样，乱，野，没有主题。

4. 束校长正站在瓢地那里惆怅着呢，伊老师来了。

这伊老师，在东坝小学，相当于师爷那样的角色，跟束校长的诗意与文人气相比，他算是入世的，并且，他有个最大的特点：会体恤人，别人无论想什么，他必定猜得一清二楚。比如现在，他就知道，束校长又在烦扰起厕所的事了。

“校长，我呢，倒是有个主意。”伊老师往左右各走了几步，然后停下来，望着眼前这散漫的空地。“一直地，我就在动这片地的主意，动了很久了。不如，我们用上它种庄稼吧，自生自产，有了收获，卖出钱来，然后再用那钱建厕所。”

“把这片地，弄成田？”束校长实在太惊讶了，都不好意思回头看伊老师了。这伊老师，怎么这样俗气起来！老师要有老师的样子，学校也要有学校的样子，好好的空地，哪怕就这样空着，也不能变成“田”啊，那成何体统，太可笑了！

伊老师一本正经，特别地沉得住气，他知道束校长耳朵根子最软不过。

“束校长，我也知道，学校里种庄稼，有些不像样子。但我们东坝小学，真的就打算永远都没有属于自己的厕所吗？等、靠、要，都不行的，拖一年就是耽误一年！还不如利用这现成的空地，自力更生，趁早行动起来，只要积下钱了，这厕所，眨个眼，说盖就能盖起来！”

伊老师用手在半空中一划拉，画了个大角度的弧线，如同神笔马良，好像眼前就立刻有了两间干干净净的厕所：红砖青瓦，左右分别写着白白的两个大字：男、女。并且，能瞧出来，是束校长的手笔。还能瞧见，师生们正在堂皇地、从容地进进出出，享用着东坝小学自己的厕所！

束校长的眼光也顺着伊老师的手臂画了一圈，是啊，他亦是瞧见那厕所了——但，不是裸着的红砖，那太简陋，他是要刷一层白石灰的，白墙上的“男、女”二字，倒可以用红色漆来刷；并且，不能忘了，还要种几丛竹子！

束校长有些沉醉了，他没有吱声，只是很矛盾地盯着眼前的空地。

唉，人世间的许多体面，为何总要用不体面去换呢？一只黑狗突然跑来，停在电线杆下，看看束校长、伊老师两个人，犹豫了一下，还是抬腿照常撒下一泡尿。

5. 束校长忽然想道：“可是，这片地，真要种上什么了，能卖出几个钱？真能够就盖上厕所了？要攒几年？”于经济上面，束校长总有些糊涂，主要地，是他喜欢并纵容着自己的这种糊涂，觉得正好有点文人的样子。

“哦，这个，我看看，这瓢地，总有五六分的样子吧，具体的账我回去可以弄出来，但估计一下，我看三四年足够了。”伊老师知道束校长还有五年就到退休年龄了，他断不会碰那个敏感数字。

——其实，伊老师心里有数，聚沙成塔，但这沙与那塔间的距离，有些漫长了，三四年怕是不行，毕竟才六分地嘛，边边角角的，中间还有根大电线杆子。但他只能把预计往短里头压、往肥里头塞，说得乐观了。

“再说，校长啊，东坝小学又不是办一年就关门的，这可是子孙万代都要受惠的事情，人家古人还讲个愚公移山呢，咱们这点志气要有的！你呢，不要怕难为情，孔子只说过，君子远庖厨，可没说远茅坑啊！”

束校长一直对古人的事情、古人的语录最为信服，伊老师真算是切中要害，一连串搬出典故来，束校长的耳根果然如期地软了：“可是，哪个来弄呢？毕竟，这么大一块地，也是烦的，也是吃力气的。”束校长有自知，真叫他弄地，行业有别，那实在是斯文扫地，他干不了。

“我来弄好了，六分地，小意思，带着就弄掉了。人闲着也是荒废，再说，力气省下来，又不能当钱卖！”伊老师见他的主意得了采纳，高兴极了，什么难处都不在话下。他随口大包大揽，完全忘了一点——他就算在自己家，也是个很少下地的人。

头顶上忽然一阵叽叽喳喳的鸟叫，他们一起抬头，那高高的电线上，正停着一小群麻雀，此时已是深秋，燕子们早飞离东坝去了南方。可束校长总情愿那是燕子，瞧瞧，细伶伶的线，上面几只，下面几只，左边几只，右边几只，有疏有密，燕子与线谱，这样搭着，才对。

二

1.清理那块歪斜的瓢形六分地，颇费了些劲。束校长穿上了他的瓦灰色中山装，像要主持会议，形式上虽是隆重的，但他出不了任何的气力。好在野草本来便是枯的，砖石杂物嘛，伊老师则发动高年级的孩子们动手，这些半大不大的孩子，平常家里使唤，不免龇牙咧嘴，可在学校，那个卖力劲儿，反正不要上课，怎么的都是好的，何况伊老师还发动各个班级搞劳动竞赛——一个小半天，也就弄齐整了，齐整得都嫌不过瘾似的，孩子们纷纷围上来询问：下次还有什么活儿？还是给我们比赛干吧！

把伊老师给欣慰得，暗中直冲束校长使眼色。怪不得说人多力量大呢，想想看，不用说六分地，就是六亩地，又算什么！

杜老头也在一边赶着热闹，指指点点出主意。从一开始就是这样，听说要把这瓢地给弄成田，杜老头竟比哪个都高兴、都积极：早该着的呀！白白地空着，太糟蹋了！我就一直心疼呢。为了表示支持，他主动吆喝出一头牛来，拉着犁，深深地把地掀了三遍，每走一遍，他都情不自禁地蹲下来，用手指捻那土疙瘩：娘的，看看这土！真黑！真黑呀！

束校长有些不好意思接杜老头的话儿，这老头儿还根本不知道，这土里，几年之后，是要长出厕所来的，将来，就再也没有人到他家的茅坑去送肥了。哼，别看他一直那样骂骂咧咧的，可真的，肥就是肥啊，好比钱就是钱，等孩子们不去他家拉屎了，他肯定会非常失落的！不过说真的，束校长同时也感到一阵快要翻身似的喜悦——到那时，就再也不会感到欠着杜老头了，再不用听着他骂学生了……

2. 却说这地，半大不小的，种点什么好呢？老师们七嘴八舌地商量，带着点置办家业的喜气洋洋，可实际上，个个儿都是半吊子的农业家，主张乱得很。

伊老师在家里仔细问过女人，这会儿，张口就来，好像深思熟虑：不要一年三熟了，弄个两熟便好。眼下正好先下油菜籽，明年芒种前后，收了菜籽，便种黄豆与花生，十月份掘了花生、剥了黄豆，再撒油菜籽，如此循环往复，都是好侍弄、好收获、好售卖的庄稼，坐稳了就是收成，也最能出价钱。

束校长听凭伊老师主张，他只点个头，从大方向上把握一下，故意地与那片地保持着谨慎的距离似的。反正，在束校长想来，只要不种麦子不种玉米不种棉花，便不能完全地算个农田，他的心里，便要好过一些。这一点，伊老师看来是早就有体谅了，他提议的那几样作物，都是东坝人种在边角处、斜坡处的小玩意儿，不大作数的。

杜老头伸头在一边听，也很赞同，他热心地贡献出一大捧精选的油菜籽儿，却不是白给，只提出一个要求：明年把油菜秆子归他做柴火。行，这个买卖，轻巧，两头方便。

3. 确实，只要天气做了主，油菜啊，是个很懂事的作物，闷声不响的，没两个星期，撒过种子的那个小方块儿便绿了。先是矮矮地、齐整地，像毯子，很快，便乱了，叶子东一片西一片支棱着，十分拥挤——这便是要移栽了，要把它们一棵棵均匀地分布到整块六分地上去。

这可是个“蹲活儿”，“蹲活儿”得女人家才擅长，真要让伊老师像棵大蘑菇般地，那样在瓢地上蹲着，太不好看了。伊老师便向束校长告难。他们两个把学校里的三个女教师翻来覆去地想了几遍，怎么都开不了口，说实在的，做教师嘛，总是挺讲究样子的，特别是在学生面前，好像一蹲地，就跟他们的家长一样了，以后再用普通话讲课，味道就不对了。

可那菜苗儿，却不肯体谅人，一天天大了，要跳起来似的。杜老头也急得不行，半路上碰到上厕所的伊老师，截下来问清楚情况，杜老头一拍腿：早说嘛！

他遣来他家的小儿媳，连着两个早晨，一直蹲在地里，头深深地埋着。偶尔也走神发呆——学生们在教室里念书，虽不大整齐，她仍是侧了耳听，露出佩服而享受的表情。

束校长呢，他这天正好手上没课，就专门在地两头拉线。他这人做事，就是太仔细，虽然瓢地的形状不大好，可他就是要求那菜行一定要横平竖直，像学生打的格子，而那菜秧，好比是安放在格子中间的生字。好在就六分地，那小媳妇又是耐心的，或者也是因为稀奇——全东坝都没有人这样的：拉线栽菜，把种地当作绣花。瞧瞧，校长就是校长啊，多么不一样。

伊老师呢，由着束校长去折腾，他只负责对新落地的苗秧儿浇水施肥。那水，是从不远处河里来的；那肥，自然是从杜老头家来的。杜老头倒也说了公道话：哪里来、哪里去啊，这肥，本就是你们的。他让伊老师用细勺，来来回回地慢浇，伊老师的动作有些笨，总泼泼洒洒，可他却竭力装得从容，像把瓢地作黑板，长柄勺作粉笔，板书出几行算式。

淡淡的臭味在空中飘开来，学生们的读书声倒更带劲儿似的——这里的孩子，放学走在路上，甚或回到家里，常常都会闻这味儿的，实在不觉得什么。

可浇完了地，伊老师很不放心，他让学生闻他的衣服，并在袖口、裤脚处细细地检查，生怕留下味道或水迹。嘿，他呀，是不敢让女人知道他在学校里做活。他在家里，还挺金贵，女人是不舍得他吃苦的。

4. 庄稼是最有良心的，转两天一瞧，那几十来行油菜秧，就整整齐齐如出操的士兵了。束校长给学生训话时，有时会拿这些菜秧儿做比方：你们惭愧不惭愧？难道就不能学学那些菜秧，站得稳稳的，从不乱动……再说那菜，吃的什么喝的什么，可怎么就长得那样绿？而你们，天天儿的这么多老师跟在后面喂，可看看这个平均分！看看这个最高分！看看这个最低分！

给校长这么一说，那些学生，再看到那块瓢形的菜地，倒敬畏起来，言语、步子，都收敛了，回到教室，看看黑板上的生字生词，心血来潮般地，跟菜秧苗赌气似的，突然摇头晃脑，大声念起来。

毕竟菜秧娇嫩，为了防止鸡啊羊啊的捣乱，束校长背着手转了几圈，想出招儿来。他四处搜罗了些竹棍子，剪得一样的长短，然后找来红塑料绳，在瓢地周围，扎起了一圈半人高的竹篱笆——瓢地弯了，篱笆便弯；瓢地直了，篱笆便直，金镶玉一般的，水绕山一般的，弄得特别妥帖、清秀。

总之，比起东坝其他所有的田地，这六分地，就是与众不同，一看就是学校的，就是知识分子的，就是束校长领导下的。就连瓢地当中间杵着的那根电线杆儿呀，看上去，也特别富有志向似的，笔直地连着电线，一直通向最远处。

不仅外边的人们夸，就是东坝小学的老师们自己，也是自豪的、珍重的。这里，现在成了他们的另一处活动场所，没事便到瓢地来散散步、聊聊天，好像这倒不是块菜地，而是个供人超脱的去处，有点桃花源的意思，着实流连忘返。

特别是站定了，看那不言不语、正准备度过严冬的菜苗，竟会感到一种辽阔的寄托，但到底辽阔到哪里？寄托了什么？却又很模糊了。当然，也会想到这瓢地所肩负的厕所之任，不过这想法相当隐秘——束校长特地跟每个老师都交代了，关于这片地的如意算盘与远大理想，要保密，等到钱数凑得大概齐了、厕所有眉目了，再给学生们一个惊喜。君子行事，敏于行讷于言，这是最起码的修为。

那些被蒙在鼓里的学生们，只在高一声低一声乱乱地读书，准备期末考试了，准备放寒假了，准备过大年了。这片地啊，就先放着吧，由它慢慢长去。

三

1. 开了学，二月里下了两场雨，恍然间，那些油菜就蹿出个子、抽出苞薹了，再隔上半个月，就黄灿灿、香喷喷了，蝴蝶、蜜蜂一阵阵地乱飞——说实话，真是俗气透顶，束校长感到有些不满似的。以他的审美来看，他更喜欢菜秧苗，那份秀气与含蓄！可瞧瞧这油菜花，一开出来，便是疯狂的、不节制的，甚至可以说，是妖艳的。

啊嚏！啊嚏！浓郁的带着花粉的风儿吹过，束校长连打两个喷嚏。

可是在拍毕业照的时候，这片油菜地，倒是出足了风头。

2. 每年四月，乡里照相馆的摄影师都会很隆重地、扛着带三角和黑罩的照相设备，带着做背景用的白幔布上门服务，替六年级学生拍毕业照，个人的集体的三朋两友的，等等。这是六年级学生在毕业之前最为激动人心的重大活动，就连低年级的学生也会跟着一起乐，踮起脚尖围成人墙，看那些毕业生们动作僵硬地坐到摄影师指定的板凳上，头发用水梳得贴在脑门上，对着黑洞洞的镜头摆出一个极不自然的、振作的假笑……

可今年，因为有了这瓢地里的菜花，嘿，毕业照倒拍出新花样来了。

自然，是那见多识广的摄影师起的意。说起这位摄影师，自然，那是另一个人物，简直算得上是东坝的艺术家，他的眼光与作风，人们就算再不理解，也一定要强迫自己理解，因为，他代表一种风尚与潮流，是极其进步的……这当中，总有许多有趣的故事，此处且按下不表。只说这个四月，正是这位摄影师，带着个助手，拍完了常规的标准照后，他四处转了转，突然瞧见这片开疯了的菜花地，眼睛陡地一亮，捋一捋半长不长的头发，两只手搭成一个框子，在眼睛前面忽远忽近地移动，突然一打响指——这么个动作，派头极了——他大声倡议：同学们，搞点艺术照嘛！

他拉出一个毕业班的女生做示范，那女生发育得早，个子高，身形也有了意思，虽是扭捏，虽是脸色通红，却还是配合得好的：可不是哪个人都会有这种机会的！

摄影师从教师办公室找来一本杂志卷成管状，让女生半握着放在胸前，又让她把头发夹到耳后，然后半侧过头，向着远方深思着什么似的。而背景，自然喽，就是这围有篱笆、开满菜花的瓢地。

不得了，看看！简直就是《大众电影》的封面嘛。

毕业班的女生们马上受到了感染，三个一群、五个一伙地也把她们的生活照及同窗照移到了这六分地跟前，有的拿本《新华字典》，有的拿本精装日记本，有的特意回头含羞一笑，做这些动作，女生们甚至想到了龚雪、林芳兵……她们这时肯定还想不到，或者想到了也不愿去想——照片冲出来拿回家，劳作了一天的家长看了，恐怕是要骂上几句的：花了那许多钱，怎么还是站在泥地前拍？还拍油菜花？这有什么好拍的！糟践啊！

这么一来，可不是嘛，摄影师今年开的照相单子比哪年都多！他高兴极了，一个劲儿地夸奖这块瓢地，一出口便成章：如诗如画！风景这边独好！束校长，你太有眼光了，我是上下左右到处跑的，走过那么多小学，还从来没见过哪所小学里种地呢！

他主动提出来，要给全体老师免费拍照片："你们啊，也站在这菜花跟前儿，但不要拿字典或报纸，我建议，每人夹一个蓝色的硬壳讲义夹，做出大步流星的样子，你们还记得那幅画吧，《毛主席去安源》，对，就按那个样子……"

伊老师内心十分甜蜜，饱胀得都要溢出来了，从学生们别出心裁的生活照开始，到老师们的免费照——这一切，难道不正是因为他当初的一个点子吗？才使瓢地变得这样地闪闪发亮……但他一点不张狂，反倒愈加地往后缩，等到其他的老师都拍了，他才上去"做动作"了：臂下夹着讲义，另一只手往后摆，一只脚提起来，寓动于静，自然而豪迈。

所有的老师们都拍完了，偏偏束校长死活不肯照，大家替他把护袖扯下了、把头发上都抹过水了，他也不照；并且，他的表情忽然就有些涣散了，虽是竭力掩饰着，可谁都瞧出，他是巴不得那摄影师赶紧收了家伙，结束这一切……

3. 好不容易，得意的摄影师、闹哄哄的学生们全散了，赶紧地，伊老师找到束校长，后者还站在那块瓢地边上。

这回他没猜着校长的心思：怎么了，哪里不对？

束校长抬起头，眼睛往那电线杆上子瞧——热乎乎的春天来了，现在，那电线上站着的，可是真正的黑尾巴燕子，或飞或停，姿势伶俐。

伊老师，你没听到？那摄影师方才说，他在全县上下到处走，从没见过哪所小学里有开田种地的呢！

这又怎么了？这个问题，一开始，我们就知道的啊。

但上面不知道啊。你说，他们，若是知道了，会怎么看这片地呢？

伊老师也把嘴唇紧紧抿起来。一块不成样子的闲地，种上作物，是天经地义的，还真没想那么多。难道这还有错了？

四

1. 说话间也就到了六月。

而六月，对小学校来说，是有些不寻常的，第一是因为儿童节在这个月的开头，第二是因为期末考试在这个月的月尾。因此，这个月，总有些悲喜交加、热闹紧张的意思。不仅对孩子们如此，对老师也同样，对校长尤其这样。因为照乡里的惯例，每年此时，都要搞一场“六一文艺会演”，全乡的小学，不论大小，都要参与进去，每家出两个节目。

自然，这是件乐融融的活动，但身在其中，总是费脑筋，要想节目要选人才，束校长得亲手抓——别的老师，每个人，右手有两个班的主课，左手有三个班的副课，还就数他做校长的，左右两只手都是能空出来的，故而，学校里，敲钟是他，早晚考勤是他，检查卫生是他，大考小考刻钢板印卷子还是他。总之，教师们没有时间做的事，就都是束校长的事。

因此，束校长一下子便忙起来了，忙得几乎完全忘了那瓢地了。他把“文艺会演”放到心尖上了——学生做操时他挨个儿地看，找身条儿好的；上课时他趴窗户口看，找面孔大方的；晨读时他罩着耳朵听，找声音洪亮的；上音乐课时他坐到教室后听，找个五音齐全的。其实，这些学生，他个个都熟，但仍是要慎重，逼着自己用新鲜的眼光去重新考量，以图新的发掘……照他的想法，两个节目，背一首诗吧，唱一支歌吧，能怎么的？图不了新鲜、冒进，但能热闹了，参与了，便好。

他这里在上下求索呢，伊老师那里也忙得很。可不是？这刚好到芒种的时节，抢种抢收的高潮啊，外面的田地上，家家户户都忙得六亲不认了。同样地，那瓢地里的菜籽啊，也全都老黄了，胀鼓鼓、沉甸甸地，扶都扶不起，碰都不敢碰，怕把那菜荚给惊动得绽开来。

挑了个大清早，趁着露水珠的潮气还能“锁”着菜荚，趁着孩子们还没到学校，有些偷偷摸摸的，伊老师约着另外两个男教师，把菜籽给“抢收”了——瓢地像被剃了头似的，秃下去，露出白白的菜桩根，虎头虎脑。

2. 束校长把他精挑细选出来的“艺术人才”领到一间空教室，打算集中培训，推门一看，里面倒堆满了菜籽秆，结实的，粗鲁的，带着令人气恼的油香气儿——束校长正满肚子想着选什么样的诗歌、唱什么样的曲子呢，猛地瞧见了，竟莫名惊诧，复又莫名惊慌，他总感到他的眼睛被这一大堆菜籽秆给勾着似的，无处安放、无处躲闪，他觉到不对：教室里堆着菜籽秆——这个场景，是经不得推敲的。他一下子又想到摄影师的那句话了。

但不管了，束校长强压下心里的焦虑，在教室角落里勉强找个空处，对演出人员——三名学生讲他的节目计划。

朗诵的同学，你赶紧的，把《大堰河，我的保姆》背熟了，这是配音的磁带，拿回去熟悉熟悉——那孩子小声嘀咕着：我家没有录音机……

至于唱歌，束校长还没想好。这回选出的两个孩子，各有拿手戏，一是《梅花巾》插曲，一是《红牡丹》主题曲，两个孩子也都唱得好，如何取舍呢？可真叫个难！

正在这时，伊老师急急忙忙地找过来，很急迫的样子，扑面第一句话就是：这第二熟，咱们就按原计划，花生与黄豆，间种了？我想这两天就把种子下了，赶得早、收得好！

束校长扭头打量伊老师，从下往上看，一下子先瞅到他卷起的裤脚上、鞋面的干泥巴上，接着是头顶上，发缝里支着两根菜荚片儿。唉，什么时候开始的呀？好好的伊老师，那样斯文的、清闲的伊老师怎么就变成个庄稼汉了！束校长想要皱眉，可是他怎么能皱？人家伊老师，这一切，还不是为了厕所！他做校长的，该表扬、该心疼才是。

呃，你看着办吧……束校长终于还是没说出表扬的话来，一表扬就是肯定与鼓励了，可说真的，他不愿意伊老师这样呢。

伊老师也回过神，不是说过？他是最体恤人的，他看看那几个同学，瞧出来束校长的情况了：节目有难度？

是啊是啊。束校长很高兴伊老师转了话题，他觉得，这才是校长与教师间应当探讨的话题。于是，他如此这般地介绍了一下他碰到的取舍之难，说得特别详细，语气特别地严重、正经，多么了不得的大事情似的。好像只有这样一说，他才觉得，东风压倒西风了，对劲了。

伊老师想都没想地脱口而出：哦，要我看呢，两首歌都上，两个人都上，各唱各的！女生唱一段《姑苏城里好风光》，男生唱一段《牡丹之歌》，然后女生再唱一段，男生再唱一段。这不就结了！就跟我瓢地里一样，种一行花生，再种一行黄豆！准没错儿！

束校长这一听，眼前大亮，可不是，这么个好主意，怎么就没想到！他重新看看伊老师，又看看占了大半间教室的菜籽秆，突然激动了，几乎歉疚了，竟上前一步，冲伊老师伸出手去，姿势很标准地握了握手，说的还是普通话：谢谢！谢谢！

三个孩子看呆了，伊老师也感到十分羞怯，真的，这么些年，他从没跟束校长握过手呢。

3. 孩子们上台的时候，束校长突然加了个道具，他找来几张《中国少年报》，卷成长筒儿，往三个学生的手里塞。这是吸取往年的经验，小孩子站在台上，若是手里空空，准会捏衣角、抓裤子，或者玩红领巾，总之，会做出一些影响效果的小动作，而有个报纸在手上，他们就可以小幅度地挥一挥，并强化某种气势和情绪。

没错，这个灵感，是从摄影师那里得来的。出发到乡上参加文艺会演之前，照相馆送相片来了，师生们都围上来看，有人看到自己头发没梳好，有人看到衣服掉了一粒扣子，束校长则看到所有照片里那些如出一辙的姿势，越看越觉得好、耐看，这么地，他受到启发了。

可是，就算束校长这么殚思竭虑了，东坝小学的演出还是……不成功的。首先，与人家的集体舞或儿童快板相比，他们的节目样式，明显土气了，还没有上台呢，几个孩子就有些畏缩，涂了过多油彩的脸上汗津津的，像刚打了一架。再者，朗诵的配乐卡带了，试了几遍，均是不行，那孩子开过好几次头，到最后，便干巴巴如同背书了；而两支歌穿插着唱——这么新颖的形式，却偏偏没有人欣赏。总之，东坝小学的节目是一个名次都没有的。

好在束校长事先并无什么野心，况且中午饭很好，免费的——每人两个大肉包子，一个煎鸡蛋，一瓶橘子汽水。孩子们皆吃得欢欢喜喜，肉包里的油都滴到白衬衫上啦，束校长在一边看着，心情竟是好的……

正吃着呢，张干事在肉包子的葱香气中找到束校长。

4. 果然，上面是知道了。张干事倒也客气，递给束校长一根烟。听说，你们学校自己开了块地，师生齐动员，都上了阵，都下了地……

束校长连忙点头，这个自然不好赖的，学校嘛，就那么大个地方，那六分瓢地、那上面的庄稼又不能躲的，谁去都能看得见。

种得还好吧？收成如何？张干事这样关心起来，可瞧他那神情里，根本就是别的意思嘛——哪个同意你们用公家的地的？哪个同意校长老师不务正业的？好好的学校，怎么能弄这种事情？再说了，那些收成与产出又算哪个的？

想了一想，束校长决定好好交代。与上级任何部门打交道，他有一个经验之谈：实话实说，只有说实话才是世界上最妥当最踏实的事情：谢张干事关心。那地挺肥，刚收了一茬菜籽。我们是打算呢，一季一季种下去，用庄稼卖出钱，积少成多，然后，自力更生盖个厕所……

张干事定睛看着束校长，眼神趔趄了一下，好像本来是要跨到束校长前面一大步的，跨到半途，又强迫自己缩了回去。张干事低头吸起烟：也没什么，就是有别的小学，也要向你们学习，把学校里的空地利用起来。乡里全都否定了。你们这里的情况呢，他们让我专门问问……

束校长一边听一边背后发汗，但他现在感觉到，张干事，是站在自己这边的。他便接连地点头——这是他与上面的人打交道的第二个经验：如果不知道说什么才好，点头总是没有错的。同时，点头也是他向上面示好的最高级别了，过分的受宠若惊、摇尾乞怜，他是做不出的。知识分子嘛，不好那样的。

那先这样吧，我替你跟他们解释。不过记住，以后绝不要动用学生下地。那个，不行的。张干事又丢给束校长一根烟，束校长夹到耳朵上，心里还挺美。

下午嘛，就是总结、表彰、合影等等，这文艺会演便算结束了。

回家的路上，束校长带着头，后面三个孩子高高低低，像几棵小树似的跟在他屁股后面。正好是日落黄昏的时分，不冷不热的微风吹得每个人的衣服都鼓鼓的，走在最后面的孩子突然举起他没舍得喝的汽水，像举起了一支无线话筒，用他那还没有变音的嗓门大声唱起他练习了无数遍的《牡丹之歌》：啊——牡丹——百花丛中最鲜艳……那精神气儿倒比刚才在台上要强一百倍。

你们几个，见过牡丹吗？

没有。没有。没有。

您见过吗？束校长。

我呀，也没有……咱东坝没有的。

可我们东坝，有无数的油菜花！

几个孩子笑得咯咯的。束校长忽然想起来，倒一直忘了问伊老师，那菜籽，全部打出来，到底能卖几个小钱？

五

1. 新打出来的油菜籽，深红的，泛着光，有些油腻般的，束校长肆意地抓上一大把，再慢慢从指缝里滑下去，绸缎一样——按说这也不是头一次见了，可哪次见的都没这次的好。

自从得了张干事的默认，束校长的心境一片晴好。他痴站在那里，对着菜籽摸了又摸，欣喜异常。那心情，竟然跟看到学生考满分似的。反正，只要是这学校里的出产，成绩也好，庄稼也好，他都欢喜。

伊老师可要比校长稳重得多，这只是阶段性的胜利罢了，带着那种任重道远的表情，他正在选黄豆种子，端着把小孔筛子，熟练地打着圈圈，这样，大而饱满的黄豆便一颗颗跑到上面，他再用手掬起，放到一边的盆里……

束校长在一边瞧了，却不满意似的，他蹲到盆边，抓起黄豆种子，眼睛斜着，特别地挑剔，恨不得一粒粒捡起来对着太阳照。其实，他也不是真要挑种子，他是要跟伊老师说句话，抒发一下他的胸臆："这段时间，你太辛苦了，毕业生的家访，你就不要去了。我来替你跑。"

也是啊，六一文艺会演之后，全校的精力都放到了即将开始的六年级毕业考试上，这同时也是老师家访的高峰期。因为伊老师能说会道，往年，他是必定要出场的。

说起来也真有点让人伤心，老师们之所以要家访毕业班的孩子，其主要目的，是劝说家长们让孩子进入乡里的初中继续读书——全乡现在大大小小的小学有九家，初中却只有一所，并且往往连两个班都还招不满。

每回上门，家长们对老师当然非常客气，但这客气是为了接下来的拒绝，家长对老师们的固执感到有些不可思议，认为他们教书都教得有些迂了：先生啊，再读下去有什么用呢？都已经能写名字会算账了，读报纸都溜得很哩，还要学什么？我能让他读到六年级都是看在你们的面子上……还不如回来早点帮我盘盘那五亩地，多一双手，总是好的……

2. 这届的六年级一共 34 名学生，其中只有 8 名是家里已经同意上初中的。剩下的 26 名学生，束校长与另外一个老师各分一半，他叮嘱那老师：每一家都要走到，你不要怕费脚头、费口舌，多说合成一个，就等于给我们东坝多出了个人才，他修成了正果，我们就等于是造了七级浮屠……

初夏的夜晚，虫鸣啾啾，露水正在无声地降落，家家户户从窗户里射出微黄的光线，敲响每个家门，就像进入了一个特定的梦境——女人还在锅台忙碌，男人则在灯下打磨钝了口的割刀，孩子从灯下抬起惊讶的目光，他发现束校长的神色显得分外郑重，校长向前探着身子，有些不自信，又有些难为情，开了口：让孩子去念初中吧，没准，几年之后，就是一个大学生呢……

大学生？这是多么遥远的名词，遥远得都像在做梦了，孩子看看父母，又看看校长，突然袭来的倦意让他趴在桌上眯起了双眼，而他的命运，也许就在这几分钟内，在束校长与父母的低声交谈中，显露出明确的路径……

出了学生的家门，束校长总走得特别慢，一路上慢慢推算：刚才，有哪几家是有允诺的，有哪几家怕是落了空的。

3. 走着走着，似是无意识地，还是回了学校。

月光下，他顺着每间教室走，一年级教室、二年级教室、三年级教室、四年级教室、五年级教室、六年级教室，像把整个学校重新参观了一遍似的。最后，停在教室后面的瓢地上。

那地里，伊老师已经刨出一行行的洞了，束校长知道，花生种子已拌上了水与草灰，在草垫下闷着，明天就会下地。月光下，那些小洞，带着淡淡的阴影，小嘴巴似的，张着，焦渴地等种子进去。

束校长恍然地觉得，他的心，也像这六分地似的，同样地有着许多的空虚的小洞，同样大张着嘴巴，焦渴地等着种许多的学生进去——在东坝小学的这么多年，他一直有个梦想，想要在他做校长的任上，能培养出一两个出息的大人物来，哪怕那人物，大到最后，都记不得这么个东坝小学了，那也没关系，他束校长自会记得的……

可是啊，就这么个梦想，每年却都还像是燕子似的，新生报到入学的时候飞来了，毕业生离校的时候又飞走了，让他从不敢认真指望。

束校长习惯性地抬头，月光下，那长长的电线竟成了银色的一般，闪着喑哑的光，空空荡荡——这会儿，燕子们都在东坝人家的屋檐下睡着呢。

六

1. 漫长的暑假，学校的操场顺理成章就成了周围人家的公用晒谷场，杜老头自是用得最多，新收的麦啊，玉米啊，蚕豆啊，山芋干啊，腌瓜条啊，白天摊开，晚上聚拢，一天天的，晒到最后，拿起来一颗来，放到牙齿上嗑一下，“嘣”地便裂开，嗯，对了，这才完全地收起，秋收冬藏，妥当地存放到他的房屋里去。

束校长有时也到学校转转，算是个检查与管理的意思，其实并无要事，小学校里能有什么？不过是些桌椅书本，哪个稀奇。再说，有杜老头在那儿，操场上晒的那些东西，因要移树荫、移屋阴，隔上个把时辰，他就要给晒物翻身的——但束校长仍是要来的，这里面，有种形式主义的责任与担当，他喜欢。

巧了，这天，倒碰到伊老师。后者打扮得像个稻草人，大草帽的檐子遮得脸都看不见。他在锄草。

现在，那些花生与黄豆，都长得有半条胳膊那样高了。但在它们的字里行间，杂草也长得欢着呢。伊老师便在锄它们。

伊老师见校长来了，便小心翼翼地从地里跨出来。两人站到屋阴后，略微有点穿堂风过，不那么热了。伊老师摘下帽子，脸色热得通红，身上的衣服灰不溜秋，被汗湿透了。束校长想想自己——面上的肤色，布鞋的勒口，身上的汗衫，都太白了，白得让他生自己的气，白得不能够站在伊老师面前。

但伊老师不觉得，他用草帽扇扇风，倒有情致讲起诗来：所以说啊，古时候的文人，其实都是乡下人，你看那句，锄禾日当午，为何要当午？他懂得很呢，只有当正午，太阳最毒辣的时候，锄下来的草才会真正枯死，要不然，那些个杂草，接到一点水汽，就马上生根复活了……

束校长听着，更加不安，他摸了摸，倒忘了带烟。两手空空，很对不起人似的。正为难着，却见杜老头捧着个大西瓜来了，一路滴着水：喏，我一直吊在水井里的，你们快吃，正冰得好！

于是便吃瓜，果然冰得激牙齿，汁水交流。这一吃，伊老师更有心境了，乃至做起远景规划：束校长，你可知道？这个黄豆啊花生啊，特别"伤"地，你想想，根在土中，枝在土外，它们倒那样无中生有地结出花生、结出黄豆来，消耗该有多大！所以，决不能连着种的，地会给掏空的，因此，明年呢，我打算改种大蒜，种西红柿与青椒，嘿嘿，卖到县城里菜场上，听说价格全都贵得很！

束校长心里面直摇头，不对的，这片地，种些五谷倒也就罢了，依稀有些古风似的。蔬菜？绝对不行，他不能想象那样一个场景：伊老师，蹲在某个地方，跟人家讨价还价，然后，拿回来一堆带着大蒜味儿的零钱！

可束校长没有说出来，只把话另外岔开：我倒问你，上次的菜籽，卖了多少钱？

这下子倒把伊老师给问得警惕起来，他以为校长等不及了，对这片地失去耐心了，对厕所的大业有所退缩了——想了一想，他决定要滑头了：校长，你别管这么细啊，反正我都记账的，你要信得过我，到年底了，我一并把收支报给你，或者，你慢慢等着，哪天我突然就跑过去告诉你：校长，钱凑齐了，咱们可以盖厕所啦……

束校长这么一听，也自觉问得唐突，倒好像不信任人家似的。他脸上一热，即刻夺过伊老师手里的草帽，拿起锄头便往地里走。其实，他还真没锄过草呢，可是，应当不太难吧。

伊老师拦住：校长，你的鞋！

束校长低头一看，可不是，瞧布鞋的侧边沿，那一圈该死的白！但不管了，束校长要跟唐朝的李绅攀比，人家那么出名的知识分子啊，都“锄禾日当午”！他束某人也是可以作为一下的。

2. 九月份的开学，全校皆喜气洋洋，犹如大家庭添新丁，这也是束校长最为高兴的时刻。瞧瞧吧，那一群群面色红黑、瘦小结实的小不点新生，活像新收上来的山芋，好似还带着泥巴、带着枝藤呢。跟往年一样，有胆小爱哭的，也有泼辣浑不知事的。

报到时，束校长一个个地看，问名字，记模样；做操时，他又会挨个儿地看，问名字；路上碰到打闹的，喝住，再问名字……这样，三五天下来，新生的名字他就差不多能叫得全了。全校的孩子都是这样过来，他统统记得名字，这一点，是最让大家佩服的。所以东坝人，若要讽刺一个人的记忆力，便会这样说：你看你，你以为你是人家束校长啊！

但他的记忆力在经济上不行，前面也说过，他是有意为之，总之，学校的账目，来来往往，无论大小，都是伊老师一手在管，从无差错。伊老师记账，有个特点，分得颇细：日常用度是一本，教师工资是一本，学生学费是一本，学生书本费又是一本，逢上张干事他们下来检查了，他便捧着一小摞本子，坐在那里，嘴唇抿着，要什么，他便准确地抽出一本来，翻开，只见一长串数目，顺溜地往上斜……这回，为了这六分地，自然，他又新建了个账目。

可这本账目，伊老师却记得不似其他几本那样漂亮了，下笔之际，常有犹豫，黑白之间，欲言又止。

——再过二十来天，这第二熟的花生与黄豆便可以收获了。可是，参照上次的菜籽售卖所得，可以预计到的，数目很不乐观。就算累加起来，就算以后每一年的收成都能保持这样的水准，乃至略有上扬，但，这离建一个厕所所需的费用，还是远得很，从东坝到北京天安门那样远。

说起来，筹钱建厕所这件事，大方向总是没有错的，只是，在时间上，伊老师自觉，他实在是诳了束校长：在其退休之前的这五年，恐怕绝无可能了。毕竟，那厕所，要砖瓦、要水泥、要木料、要人工……为此，伊老师愁起来了，这愁，还是自个儿的愁，跟任何人都说不得。

特别是昨天，他听班主任老师给新进来的一年级新生训话，讲学校生活的各项纪律，前面各条，皆冠冕堂皇，讲到最后一条，却啰啰唆唆地完全上不得台面：上厕所，要男女分开排队，要抓紧时间，大便最好在家里解决；裤腰带要学会打活结，不会打的同学要互相帮助；上完厕所，不得在杜家逗留玩耍，更不准乱动乱碰……伊老师在外面听了，忽然感到一阵沮丧，浑身都失了力气般的。

正在那里呆滞着呢，迎面倒见束校长笑嘻嘻地过来，他是刚刚从乡里开会回来，一路走一路戴着护袖：伊老师！两个好消息！第一，刚才会上宣布过了，全乡九个小学，数我们东坝小学今年新生最多！第二，乡里中学的初一年级里，我们东坝小学升上去的，排在第三，这是了不得的．以前，常常排在老末呢！看来，家访不家访不一样的！乡里叫我介绍经验．我没保密，我就全告诉他们，怎样一家一家地走……

伊老师配合地笑笑，看東校长那欢喜模样，他实在开不了口，说任何扫兴的事情。唉，还是先自个儿含在嘴里咽在肚里吧。得，还是到瓢地去吧，侍弄得越好，应该离厕所越近。

3. 实际上，现在的黄豆与花生，皆已临近收获，就像停止发育的孩子，再给什么好吃好喝的，怕也是白搭，说不定还会沤了涝了。可伊老师想，用眼睛瞧着，好好地瞧，那肯定只有好处没有坏处——这个道理，在学生身上最明显。每次乡里搞单科竞赛或是模拟测试，临到考前，给学生们讲重点讲难点，倒越讲越糊涂，但是，好好瞅瞅他们，说几句轻松的打气儿话，效果却好得很！

伊老师于是便蹲在那里看。

黄豆的叶子上满是锈斑点儿，豆荚也是绿中带黄，里面圆圆鼓鼓的豆儿似乎都能看得见摸得着，这样的好太阳再晒个五六天，就会完美地黄了……可那些花生们，城府就深了，只是埋在地里，完全不显山露水。可这个，叫伊老师喜欢，正如他喜欢山芋、藕、芋头，这一类的作物，似有一种通人性的狡黠与幽默，从小长到大，只管吃化肥喝粪水，对农人的回报，却瞒得结结实实，像在考验这弄地的人，你力气如何，你手艺如何，你舍不舍得下本钱……直到终了，把土地打开，像拉掉幕布、掀掉面纱，其根部的果实，忽然就摊手摊脚、饱胸凸肚地出来了——但愿啊，这瓢地的花生，跟东坝所有的花生一样，是肥硕的蓬勃的……

伊老师就这样看着，一边默默地祷祝。忽听得后面有轻轻的脚步声，不用回头就知道是束校长。

束校长仍然保持着残留的笑容，但他没有陪伊老师蹲下来看花生。蹲，这个动作太东坝了，他要一蹲，就不像是校长了。他把伊老师拎起来：哎，都快要收成了，怎么你的脸倒是这样？有什么事跟我说说好了。

伊老师却赖着不肯起，他偏要让自己矮在那里，以便传达他低落的心境：校长，我对不起你。这几天，我估算出来，这瓢地，怕要种个七八年，才能把厕所给种出来。

束校长“嘿”了一声，向四处望望——没有东坝人经过，也看不到学生——他便叉着脚挨着伊老师蹲下来，咕咕地低声笑了：是啊，一开始我是急的，最好马上就能种出个厕所来，可现在，伊老师，你可能都不信，我倒不那么急了，我甚至想，就这么一直种下去，也未尝不可。唉，四时行焉、万物生焉，这六分瓢地呀，这么小，却又这么大，大得令我惭愧。看看我，太狭窄了，种下个小学生，就老指望着要长出个大学生。这其实是不对的。总之，我现在，太喜欢这片瓢地了，它比我强，我喜欢看着它长得这么实实在在的……

真的吗？伊老师也低声笑起来，他信束校长的话；可他同时又认为，束校长这是在安慰他，也在安慰自己。

可是，伊老师，我们还是没法再种下去了……其实，我到乡里开会，还带来个消息，我刚才没告诉你。伊老师看到束校长站起来了，一边掸他的护袖。这个动作，分明是个假动作。束校长到底要说什么？

嗯，就是关于这瓢地。乡里的意思是，这一熟收上来之后，下面，就不要再搞了，宁可野着，长草。

束校长的声音从上面传到伊老师的耳中，特别地轻。

4. 最后一熟的黄豆与花生，收上来，在操场的一角，晒了许多天，一直晒到十月底起秋风了，伊老师才懒懒地收起来，抓在手上看了半天，粒粒饱满，令人心疼，不看也罢！索性一股脑儿地转给杜老头，让他代卖。

他现在只是想这块地的账本，记得半半拉拉的，虽说余得不多，但毕竟，有一些钱在账上呢，不能就一直这么挂着吧？他也请示过束校长：要不，几个老师，把这钱……

束校长马上大摇其头：啧，你怎么不懂事了！我们自己万万不可拿了这钱，一拿，那就真成问题了！放着吧，就放着吧。

于是，那账本以及账本后面的一点钱，就一直放着。像块咸肉挂在梁上，随着越来越凉的秋风，慢慢地变得硬了、风得干了。

这之后，还发生了一件小事。归根结底还是跟厕所有关。有学生拿了杜老头家一样小东西。

是个三年级的男生，啥也不懂，小解后便进屋子东窜西窜，不意进了人家小媳妇的厢房里，一眼瞅到个药瓶儿，就拿了出来——男学生们喜欢趴在地上玩一种瓶盖子游戏，谁搜集得多，自然本钱就多，就可以做老大，玩得更痛快。

束校长平常没事喜欢在学校里四处巡逻，看到地上有片纸，捡起来，有块狗屎，铲掉，白墙上有鞋印儿，擦掉……可这天，他捡到半瓶子药，正稀奇着呢，定睛一读上面的小字，却明明白白写着“探亲避孕药”。

束校长简直受到惊吓了，连忙用手握了收到裤袋里，一面用最快的速度拼命地想：这是哪里来的？

可越是着急却越是糊涂，只得找了伊老师，把东西拿出来，两人一起研究。伊老师头脑倒是一片雪亮，连用两个“肯定”：这肯定是杜老头小媳妇的。肯定是学生在他们家拿的。

何以见得？

上半年搞计生普查，我被拉去帮忙登记，知道一些情况。我们学校三个女教师都做过手术；并且，这附近几十户人家，只有杜老头家儿子在外地当兵，两地分居的，才会用得上这个……

哎呀，这个！束校长完全地噤住了，他想到那样的可能性——紧要的时辰上，杜家小媳妇伸手取药，却扑了个空，因此，她生出个二胎，乡里计生办追根溯源，一直追查到东坝小学……

这可怎么办呢？束校长束手无策，像要交白卷的学生。

这个倒也好办。一个班一个班地收瓶盖，找到相配的，再找那瓶盖的主人，然后，让他自己去还，哪儿拿的，放哪儿，就当什么事都没有。伊老师不紧不慢的，但有下半句话，他没说：这可是个严重的信号啊！

是啊，这个事情，算是过去了。可伊老师知道，他知道束校长也知道：这个厕所，急迫的，真的是个天大的问题啊，跟基本国策一样的大，绝不能将就……他们一定要找到解决办法。

七

1. 想法嘛，也像种子，只要在心里埋下了，总会拼命找水找土找空气，然后，弯弯曲曲地发芽。伊老师心里的种子，突然地，找到个发芽的地方了。

因快到元旦春节，跟全中国所有的地方一样，大会小会特别地多，讲安全、讲计生、讲禁赌、讲过冬防冻等等，小学也是一个单位啊，要拎上去坐在下面，束校长呢，顶怕开会的，就总差伊老师去顶窝子。

好在伊老师是个全面的人才，捧个本子记录、鼓掌、表态什么的，都能做得很场面。最关键的是，他特别能领会会议精神，就算是一掠而过的话，他也能抓住其重要的言外之意。比如，这次，在一个传达县委精神的会上，他突然听到一句：某个了不得的大企业，无偿资助全乡教育资金多少多少……

伊老师忽然感到，他藏在心里面的那粒种子，松动了一下。

回到学校，他就找束校长紧急汇报。束校长，这个人啊，就是这方面不够敏感，他张着嘴，不明白：怎么了，这句话怎么了？

我们可以去争取一下啊！说不定，能要到点钱……伊老师不愿意直接说出“厕所”这两个字，这是个大计划，说出来，怕破了。就像东坝人求菩萨保佑个什么似的，只宜在心口里默默地念，不好直接说出来的。

这下，束校长懂是懂了，可他非常悲观：那些个钱！肯定是要办大事情用的，哪里轮得到我们这个……束校长也不说那两个字。

谋事在人嘛。伊老师嘴巴收紧了，显出一点世故来。正好到年底了，我们不如，正式地邀请张干事，下来看看工作，顺便请他吃顿饭吧。他在上面，总是能替我们说上话的。

吃饭？束校长下意识地把脚往回缩了缩，离开伊老师几公分。这是个好主意，可也是个为难处，他手里可没有请人吃喝的款项。

伊老师倒往束校长前面又凑近了几公分：你放心。不用另外花的，我们那瓢地，账目上不是略有些菜籽的收入吗？加上放在杜老头那里代卖的花生与黄豆。总之，取之于公、用之于公，没有关系的。差不多刚好能吃顿像模像样的饭。你听我的，这样做，肯定只有好处，没得坏处。

2. 张干事欣然答应了束校长的邀请，风尘仆仆地骑着自行车来了。张干事其实是有些歉疚的，一撑好自行车，倒先往那教室后面的瓢地里去了，他看了看地边上一圈篱笆——时日太久，红色的塑料绳也早褪色了，松散了，在风中飘。他有些感叹：束校长，这一看，就知道你是花了功夫的。

然后，张干事才看教室。这是星期六的下午，孩子们都回去了，大扫除过后的教室，四处亮亮的还留着水印儿，黑板被擦得太干净，倒显出边角处的磕巴与裂缝。板凳都搁在桌子上：有方凳有圆凳，有长脚有短腿，像不同的孩子坐在桌子上玩儿似的——东坝小学，只有统一的课桌，板凳是学生从家里自带。学校后面的墙报，贴着一圈的作文纸，糨糊干了，那作文纸便歪斜了或是脱落了。

束校长带着两个教师陪着张干事在前面看。伊老师和另外几个教师却在杜老头家的灶间忙得团团乱转。这顿请饭，所有的酒菜，都在杜老头家操办。

杜老头大略也已知道，这饭是为了厕所呢，但杜老头还是忙得分外活跃，如同自家中的大事，他对整桌饭菜的格局提出了许多建设性的好意见，伊老师从善如流一一采纳了。

酒嘛，不用说，洋河大曲，硬碰硬的，东坝人家招待贵客，都兴这个。

黄豆与花生，正好现成的，前者卤了，后者炸了，满碟装了，管够。另外切上一盘猪头肉、一盘咸鱼干，都是土产，不费钱。这四样，下酒再好不过。

仍是黄豆，杜老头拿到豆腐坊，换回上好的百叶与老豆腐。再到塘地里去挖了些慈姑，到地里割了肥得发黑的韭菜、大蒜与冬油菜。到鸡窝里杀了只鸡，捡些草鸡蛋。秋收的大米与面粉。反正，看到家里有什么现成的，便取用了——伊老师呢，不含糊，一一记在小本子上，他不会亏待人家杜老头的，这一点，老杜也是有数的。

另外，买了肉，称了鱼。

这么的，炒菜汤菜也出来了：韭菜炒百叶、小葱涨鸡蛋、大蒜回锅肉、清炒油菜、慈姑红烧肉、蒸江鱼，最后上的是三鲜鸡汤，还有油炸面饼子……虽然都是家常菜，但油足量大、用料讲究，味道很正，特别是那鸡汤，杜家小媳妇用麦秆小火足足熬了三个钟点。

3. 找了间空教室——就是原来被伊老师堆过菜籽秆、被束校长当作排练室的那间，几张课桌一拼，一个张干事、一个束校长、八个老师，吃了没几口，就喝开了，喝了没几口，脸就都红上了，话就都多了。

这人与人之间啊，吃饭与不吃饭大不同，不吃，便永远是那么淡淡的，好似不远不近、不疼不痒。可是，若筷子勺子在同一个汤盆里碰碰，酒杯端端，一下子，就质地飞跃了。

张干事喝得不少，嘴巴明显地松了，他甚至隐隐约约地流露出来，明年，他似乎是要高升了，要从干事到助理呢！伊老师最会顺杆子爬了，他当下就举杯祝贺起来，简直显得有些轻佻，并且还那么功利，要张干事“高升后，要一如既往、多多关照东坝小学！特别是在经费计划、经费下拨方面，要体谅到东坝小学最大的最急迫的难处……”

这话，多好呀，束校长听在耳里，像有人在替他在背后抓痒，上面下面左面右面，全都挠到了——特别解苦。可是尽管如此，他还是觉得不堪，太赤裸裸了，好像都要把裤子拉下来暗示“厕所”的事情了！他连忙端起杯子来刹住伊老师的车，另外寻了些冠冕堂皇的话：张干事，年轻有为啊，前途无量……

喝多了的张干事是糙话细话一概收下。说实话，他喜欢这桌饭，喜欢这桌上那一张张油乎乎的嘴、红扑扑的脸，喜欢听他们想什么便说什么。没错，他今天为什么要来？为什么真的要吃下这顿饭？他就是要带好消息来了，就是要让他们高兴呢！那笔资助款，已研究过了，如何分配如何下拨，亦已有了大致的意向，其中，东坝小学这里，方才束校长、伊老师含在口里一直没说出的那个事情，正是非常有希望的……

张干事便点起头，非常痛快地再次地喝，并且响亮地放了个大爆竹：放心，春节一过，下拨到位，专款专用。

奇怪吧，连张干事都没提那两个字，也许只是因为避讳着大家在吃菜喝酒，但每个人可都听得明白极啦！老杜推门进来送酒——可不是，两瓶洋河不够，又买了一瓶来，却见一屋子的人，都笑得那样地美气，老杜更加高兴了，准是这桌菜，整得太漂亮了，看他们吃得那个油亮劲儿……

临走的时候，张干事想起什么：对了，这是面新国旗，最近刚到的。给你们带了一个来。

八

1. 崭新的国旗周一就用上了。迎着寒风，吹得猎猎的，风的声音一鼓一鼓。

束校长知道，要在大城市里，每到周一，小学都会举办隆重的升旗仪式，有专门的升旗手，还有专门敲敲打打的鼓号队。但在东坝嘛，条件既是不同，那就不攀比了。只要旗子升起来，都一样的。

东坝小学的升旗仪式，要讲特别，没别的，就是比较早。雾气都还没有散的样子，老师与孩子们的鼻头都是红的。为了防止孩子们冻着，伊老师先领着大家绕着场子跑，并抑扬顿挫地吹哨子，还喊口号——去！去！去去去！早睡早起！锻炼身体！去！去！去去去！

正在进入冬季的大地，原本是迷迷糊糊的，可是，给整个操场的孩子一跺脚，给那哨子一打拍子，倒醒过来似的，并且，连带着，整个东坝的早晨都提前到来了。这样，东坝小学的升旗仪式，无形中便有了个舞台似的，天地为幕，无边无垠。

束校长穿上了他的蓝黑中山装，他抬头看那旗子，因为新，所以特别红，估计大老远地里做活的人们都能看得一清二楚。冬季里，整个东坝的颜色，一向颇为单调：草是黄的，地是褐的，屋顶是灰的，路是白的，没什么看头。所以，这新旗子一挂出来，真的很跳——它的这种红，东坝人没有不喜欢的。

红旗的下面，束校长让全体的师生都列队站整齐了。他迎着风讲话，事先也没想好，算是即兴了，为了文雅，他仍是没有提到那两个字。

同学们、老师们，大家看到这面新国旗了没有？这是乡里特地送给我们东坝小学的，同时送来的还有一个天大的好消息，但是，因为时机还不成熟，我还不能完全地跟大家传达那个好消息，但我可以先透露一点，这个消息，跟大家的方便有关系，到明年，你们就瞧着吧，我们的方便就会特别方便了……我希望，大家要时刻记住乡领导对我们的殷切之情，要化感激为力量，好好地学习、天天地向上！

他的话，在清凉的薄雾里，响亮极了，特别是讲到最后一句，束校长很自然地把音量调高、上扬，这是要大家鼓掌的意思了。其实那些大同学小同学，未必就听得十分明白，但有老师带头鼓了，于是孩子们也就一起跟着鼓了！啪啪！啪啪啪！

渐渐散开的雾气里，学校操场边上站着一小圈望呆的人也慢慢清晰起来，他们——本是走在做活的路上，或是收了早工准备回家，或是骑了车子打算出门采买，因看到红旗，又听到束校长讲话，感到这是一个特别好的热闹，便纷纷地停下来瞧，何况，操场上那一群高高矮矮的里面，还有自己家那个不成材的呢。束校长讲完，他们，也跟着孩子们鼓掌了，鼓得还更加响亮、热忱，包括杜老头，他一边拍手一边谦和而满意地对边上的人点头，因他家离学校最近，这热闹便像是他自家的，是他招待大家似的……

2. 散了这大规模的升旗仪式，束校长看看表，正好要早读了，便走到老铁钟前，拿起放在窗台上的铁棍，当当当地用力敲起来，四散着耍乐的学生们，像一群碎屑子似的，很乖地，全都被这带着铁锈的钟声给吸到教室里去了。

各位带课老师到班上瞧过一圈，布置下任务，就让孩子们自去读了。老师们依旧回到办公室——每日的早读课以及星期三下午的一节自习课，老师们是有时间一起说说话的，这个时候，办公室的调子是最为愉悦的，他们的谈话充满了一些只有他们自己才能意会神传的小暗号小典故小谐趣，其出处，会是某个学生离奇的造句，某本参考书闹出来的笑话等等。这种极为放松的谈天说地，似乎为他们营造了一种与外界隔绝的独特氛围。特别是冬天，透过那带有水汽的窗户、穿过操场，往远处看，还能见到正在寒风里劳作的乡邻——对自己这一刻的超脱与闲逸，老师们均发自内心地感到珍重而惶然，最终便会掐住谈话，低下头来批改作业。

但今天，他们掐不住了，刚才的仪式让他们兴奋起来了，想到那“方便处”，竟一个个热烈地讨论起来：具体的位置，男门女门的朝向，做几个蹲坑？接不接电灯？索性高级一点，安个白瓷的洗手池如何？再砌一圈花坛如何？等等，讨论得不亦乐乎，好像那不仅仅是一个厕所，而是一个景观，一个可以无限美化、叠加、寄寓的理想国……

这种闲谈，束校长一般是不参与的，可今天，他也按捺不住了，他奇怪这么几位识文断字的老师，竟然忽略掉一个最根本的事实：电线杆。他们怎么忘了在电线杆上做文章呢！而正是关于这根电线杆，束校长有他的美学设想。

束校长于是也开口了，另辟蹊径：要我说啊，起码有一点，咱们得考虑到那电线杆！要知道，它是让不过去的，一让，那厕所的位置就偏了、不对了，所以，这电线杆，肯定得从厕所中间穿出来，所以嘛，电线杆四周，是要挖出个大天井的，这样也好，可以通风透气，再者，你们知道吗？不加顶，还有个最大的好处，可以看到天，看到电线，看到电线上停的燕子。你们想想看，蹲在那里，一抬头，就可以看到燕子停在线上，恰如一行谱，岂不正好有些诗情画意……

其实，最后几句，大概才是束校长最想表达的重点。几个老师都笑起来，束校长说得的确有道理，没有错的，可是，听上去，就是有点想发笑啊！

3. 这些讨论与笑声里，少了一个人，束校长眼睛一溜，发现了。是伊老师，那家伙，肯定又到那块瓢地边上去了。要在此前，束校长必定是要跟了去陪他一会儿的，但今天，算了，让他自己待着吧。

束校长只移到北窗跟前，用手抹一抹雾气，往外看。远处的河，白白的，像是已结了冰。有人牵着瘦瘦的牛慢慢走过。电线杆上，有两只缩着身子的瘦麻雀，大风吹得电线晃动，雀不动，也不飞走。

电线杆和雀的下面，是伊老师的背影，正绕着已经零落了的竹篱笆转，看那曾经丰饶着而今却袒露着的瓢地。慢慢转了半圈，伊老师四处望望，忽然蹲下来，扯出几根枯黄的草茎，送到嘴里，嚼了起来。

束校长呼出来的热气挡住了视线，不要看了。他知道的，那同一个地方的草茎，就是昨天，在张干事走了之后、在他留下了好消息之后，带着一丝难以解释的失落与怅然，他也曾蹲下，也扯下来嚼过。是啊，只有嚼了才知道，那细细的草茎儿，别看外面黄得焦枯，可茎儿中心，却还是泛绿的，闭了眼小心地品，略有些涩涩的草根香。

2008 年 1 月 9 日初稿

1 月 25 日二稿

2 月 7 日三稿

1. 对老崔来说，他的人生巅峰也许就是最后的这个葬礼。除了附近的老老少少，尤其是一些老病号及病而痊愈者以外，村主任王志高、村会计老邹及周围的几个村民小组长也都来了，这再一次证明了赤脚医生老崔在东坝村无可替代的地位，他的亡故好像突然让所有的人都意识到了这一点，以后，大家被鱼刺卡了、牙疼了、半夜发高烧了、下地扭腰了、吃馊饭拉肚子了、闹月经痛了、羊角风发作了，找谁上门来瞧病呢？

老崔的婆娘有些驼背，连日来的悲伤、葬礼上近乎高潮的悲痛似乎更加加重了这一特点，她那沾满鼻涕的脸几乎一直低到腰间，看上去像在向每一个前来问候、吊唁的人鞠躬致谢，这与她的地位是有些不相称的——通常来说，一个葬礼的主角并不是躺在地里的那个可怜的人，而是他的亲人们，这些依然活在世上的人们，可以按照他（她）与死者关系的远近，表现出相应的、恰如其分的悲痛，从而构成整个葬礼的细节和华彩，并成为这场葬礼结束后人们津津乐道的话题——从这个角度来看，崔医生的婆娘，这个驼背女人，尽管她那么丑而老，不善言辞，但她还是应该表现得稍微出色一些，比如，对王村主任、邹村会计及村民小组长等村组干部的大驾光临作简短的答谢词；强忍悲痛对那些拖着病体前来观礼的老病号说一些抚慰之言；对那些被崔医生妙手回春治好的人呢，可以见物思人、泪如雨下；对木讷的、活像是来看热闹的那些邻居们则可以固自沉浸在悲伤中看都不看一眼。不过真是可惜呀，她就那么没有身份地对每个人都同样弓着腰、欠着头，头发散乱，脸色粗糙而发红，嘴中发出含混不清的哭诉，她翻来覆去念叨的几乎是同一句话：你那么会帮人瞧病，怎么没把自己给瞧好哪；你那么会帮人瞧病，怎么没把自己给瞧好哪；你那么……

陈冬生挤在那些邻居中间，暗自替崔医生可惜，他婆娘用这句话来哭灵听上去简直是有些讽刺呢，看来，作为一个即将接班的赤脚医生，找一个举止得当的媳妇也是非常重要的……就是在老崔的这个葬礼上，陈冬生终于结束多日的徘徊，决定接受村主任的建议：到乡卫生院培训，接替死去的老崔，做东坝村的赤脚医生。

决定做出了之后，陈冬生自己都有些吓了一跳，真的要留在东坝，在那些有气无力的病人中间度过一生吗？难道说老崔的葬礼上有什么东西打动了自己：那几个村干部有些夸张的沉痛？那些病人们恹恹而失落的眼神？老崔婆娘笨拙而无知的悲伤？真是莫名其妙，有些决定，就像一阵风或一场雨，不知道为什么突然就来了——从这个角度而言，老崔这个葬礼的意义还真有些不同寻常：它就这样轻飘飘地决定了高中毕业生陈冬生后半辈子的主要职业和人生角色。

事情往往就是这样，一个人的死亡跟一个人的出生一样，往往影响乃至左右着另外一个人、一群人或一个国家的命运，即便像老崔这样一个微如芥粒的乡村医生。

村主任王志高接过老崔家儿子递过来的烟，控制着表情深深地吸了一口，半日没抽烟了，真他妈的惬意，崔家今天散的是软壳南京烟，味道够正。王志高从烟雾中悄悄地看了看人群中一动不动的陈冬生，那小子脸上露出一种若有所思的表情，他到底在想些什么？今天的出场看来真是一箭几雕，不仅代表了东坝村的民意，表示了对老崔的尊敬和感谢（王志高的小脚母亲患有很严重的脚鸡眼，全是老崔负责定期修理），说不定，还能让那个姓陈的小子转过心思来，在东坝，就他这样一个高考落榜生，做一个赤脚医生，也算是出人头地了，他的父母将会受到左邻右舍发自内心的尊敬；为了开到既管用又便宜的好药，每个病人的家里人都会对他露出讨好乃至巴结的笑容；一到逢年过节，他还将会收到老病号们或重或轻的人情礼品；他将来会讨到令人羡慕的标致媳妇，哪天生个儿子，收到的老母鸡能让他开个养鸡场；就是到死，也会像老崔这样有个风风光光的葬礼，人这一辈子，别的还图个什么呢……哼，瞧他还老是不情不愿的，光是惦记着到省城打工，真是太没眼光了，到城里，除了赚点辛苦钱和城里人的偏见白眼，别的还有什么？总有一天，这个陈冬生会感激自己给他指了这条正路子。

2. 陈冬生在镇卫生院举办的赤脚医生培训班里迈开了他乡村医生生涯的第一步。

所谓的培训班总共只有三名学员，另外两个是南坝和四联的，一个是退伍兵，算是见过些世面的；一个是正宗农民，但因为是卫生院院长远房亲戚，因此半路出家来学赤脚医生了。另外两个人都已经成家了，一比之下，更显得陈冬生太嫩，嫩得都叫人有些替他担心：能不能把一整个东坝村男女老少的小毛小病交给他处理？

仗着年龄和经历的优势，退伍兵和院长亲戚经常会拿陈冬生开玩笑，说他第一样要学会的是避孕药具的使用，以防给女病人出诊时发生紧急情况不知如何应对；另外，打针的功夫也很重要，尤其是那一戳，事先要在即将被戳的地方做好铺垫，要揉一揉，捏一捏，真的戳的时候呢，一定要准，要用足劲用巧劲，但要注意速度，要慢慢推进，有节奏感，特别要控制好出水速度，不能太快……只有功夫好了，病人们特别是女病人们才会口耳相传，帮你做不要钱的广告，保证会带动一大批病人们排着队找你……

尽管离开中学已经大半年了，陈冬生还保持着一些高中生的腼腆和偏激，这些玩笑所暗示着的男女之事让他的脸色一下子变得通红。他一点不掩饰脸上的厌恶，迅速转过身去，不再理会他们在后面爆发出的快活笑声。

好在集中培训的时间很短，很快，他们就分散到各个科室去实习了。镇卫生院虽然不太大，倒也五脏俱全，中医、妇科、儿科、内科、牙科、外科、计生室等等，但大多仅限于一些常见病，真正有了大病或需要动手术，镇医院会有专门的车子拉着病人和家属送到两百里以外的县医院。因此，整个卫生院最吃香的，除了院长之外，倒是那个开医护车的驾驶员小余了，他开得稳与颠、快与慢，往往决定了一个病人的痛苦与否及生死存亡。陈冬生做事不会分心，只是一门心思低下头来学习各科医生的门诊招数，倒是最后才认识那个鼻孔朝天的小余，而认识小余还是因为护士梅云。

护士梅云是外科的，在镇医院，最常见的外科手术主要是伤口处理与包扎、骨头的复位与矫正、疖疮的划割等等，陈冬生从小就有些不合时宜的洁癖，每每看见那些血肉模糊、脓水横流的场面总有些控制不住的恶心，但想到日后有可能要独自处理这些东西，他便皱着眉头，暗暗地咬起牙齿，强迫自己盯着病人的患位看，越是这样，越是难受，往往到中午了连饭也咽不下。因此，陈冬生最佩服护士梅云了，她看上去也很年轻，也许只比陈冬生大上两三岁吧，长得那么细细巧巧的，走路轻飘飘的，处理起伤口来却特别漂亮干净，都不要当班医生烦神，她这里手起刀落，该割的就割了，该破的就破了，然后一转眼，又上了药粉包扎得整整齐齐的了，叫病人连呻吟叫苦的工夫都没有。

梅云觉察出陈冬生羡慕的眼光，并不矜持，再来了病人就主动地把着陈冬生的手教他，如何看口子，如何下刀子，如何去血块，如何撒药粉等等，除了母亲，这还是陈冬生第一次碰到女人的手呢，他有些木木的，不知是怕那些伤口，还是怕梅云修长柔软的手指，总是放不开手脚使不上劲儿，梅云有些好笑，以为他不知如何分辨伤口上的肉，就激他：当真的，你眼力就这么钝？好肉坏肉都是肉，你不要想那么多，别把它们看作肉，就看成泥巴好了，把它们分开就行了，就像小时候玩黑白泥团的游戏，宁可多去掉些白泥，也不要留一星子黑泥，这样剩下来总归全是干干净净的白泥……

梅云真是个不错的老师，她手法标准，动作利落，又非常有耐心，慢慢地，陈冬生就可以独自操刀了，样子还挺像样，病人们一口一声的“陈医生”更让他感到一些特别的亲切和成就感。为此，陈冬生更加感激梅云了，在感激之余，他又觉着一些其他的东西，似乎总想要找机会跟她说说话或者随便什么，哪怕只要待在一间屋里，就够让他满足的了。有时候，他明明已经会某个手术了，却故意装出突然遗忘的样子，要梅云过来教他，这样，他会有机会再次碰到梅云的手、闻到她护士帽里散发出的洗发水清香，有时，陈冬生甚至想，要是，一直跟梅云做同事那该多好呀，因为那样就可以天天看到她了……然而，时间太快了，在外科的实习终归还是要结束了。陈冬生明白他必须说点什么。

离开外科的前一天中午，鼓足了半天勇气，他才对梅云开了口，说晚上请她下馆子吃饭，吃完饭到电影院看电影。

什么？梅云像听到了什么意外的新闻似的睁大了眼睛，为什么？她眼里含着笑，好奇而天真地问陈冬生。

我想谢谢你……陈冬生有些言不由衷，他不知该如何说才更加妥当。

哎呀，你这是干什么？院长早说过，你们是代表镇卫生院在各个村给人瞧病的，你们学得好不好、干得好不好，跟我们镇卫生院的名声也有很大的关系哩……每个赤脚医生在我这儿实习时我都是这样教他们的，这次跟你一批的，那个退伍兵，比你要差多了，我手把手整整教了他一个礼拜，他愣就学不会在疖子上划十字口排脓……

梅云的话忽然让陈冬生没了兴致，本来，他还以为，梅云是特别关照自己的呢……

再说，我晚上跟小余约好了到他们家看VCD呢，他新买了一台VCD机子，说放出来比电影院的效果还要好呢。怎么样？要不，我跟小余说说，你也去看看？

谁是小余？陈冬生脱口问道。

你不认识小余？嘀，你真是够可以的，我们卫生院开医护车的呀，个子高高的那个，挺神气，谁都让着他点，你真不认识？

提到小余，梅云的脸上流露出一些让陈冬生觉得陌生的表情，那是什么？欣赏？害羞？自豪？

哦，那就算了吧。陈冬生有些生硬地说，他想起小余那个人了，除了握方向盘，那个人好像啥都不会，凭什么他整天趾高气扬的，凭什么就非得认识他。

晚上，陈冬生一个人跑到电影院看了场电影，黑暗中，他模模糊糊瞧见那个一同来学习的院长亲戚搂着个女的坐在左前方，从背影看，那女的似乎是卫生院里药房里的，听说是个老姑娘，但长得挺耐看，皮肤白得像牛奶。从上半身就能看出，像牛奶一样的老姑娘跟那个院长亲戚贴得可真近，那么下半身呢……陈冬生的脸在黑暗中红起来，他很生气，替那个老姑娘觉得不值。他提前从电影院里溜出来，在灌满冷风的街上乱转。

陈冬生发现自己的心情异常糟糕，为什么那个胡子拉碴的院长亲戚可以搂着白皮肤的姑娘看电影？他家里还有婆娘孩子呢，而自己，却受到了梅云那么天真无心的拒绝？自己是否真像退伍兵和院长亲戚一直嘲弄的那样，实在太嫩了，都不像一个真正的赤脚医生？说不定梅云在心里也是那么想的，所以她压根都没把自己当成一个成熟的男人来看。

街的最顶头有一个孤独的小摊子，拉着一盏发黄的电灯，陈冬生很想把没有请梅云吃成饭的钱花掉一些，于是他在摊子上挑了个最贵的小玩意儿：一个会唱歌的红色小球，连价都没讲。用劲在硬东西上一敲，那小球里就发出周而复始的电子音乐声：你问我爱你有多深，我爱你有几分，你去看一看，你去想一想，月亮代表我的心……

第二天，陈冬生把这个小球送给了梅云，梅云再次吃惊了，她掩饰着接起小球在桌子上敲了敲，小球马上开始唱起来：你问我爱你有多深，我爱你有几分，你去看一看，你去想一想，月亮代表我的心……这一瞬间，她好像突然明白了什么，脸慢慢地红起来。

陈冬生看到了梅云脸上的红晕，他的心突然一荡，像被打一针进口强心剂似的，差点夭折的一个什么东西又跌跌爬爬地重新活过来了。

为期五个月的卫生院学习结束了，临行之前，院长亲戚请退伍兵和陈冬生吃了一顿，他好像有些踌躇满志，因为是他掏钱请客，话很多，句句意味深长：赤脚医生嘛，也算是村里的一户了，随便时代怎么变，有一门手艺在身上，总归是吃香的，要吃有吃，要用有用，要玩有玩，全看各人怎么把握，好好干吧，哥儿们……

退伍兵也借机大发感慨：怎么样？我们现在也算是同门师兄了，又是同行，但我们这个同行不是敌人，你在东坝，他在南坝，我在四联，一人一块地盘，就看谁玩得好了……不管怎么样，有难处相互关照，我们以后，定期聚聚，互通有无，陈冬生，小兄弟，你放心，有什么事招呼一声，我们两个老大哥一定会帮你忙的……

喝了一些酒，又听到这些亲热的话，陈冬生发现他的心里比昨天要舒畅多了。他学着退伍兵举起酒瓶子，让酒从嘴角一直溢到脖子里，一口气喝下半瓶，他的眼睛脖子耳朵现在全都红了，心里面像火烧火燎似的，一会儿激动，一会儿平静，一会儿饱满，一会儿空白，这种感觉真他妈的男人！

3. 回到东坝的最初几天，陈冬生过得很难受，他像乌龟一样地缩在屋子里，手中捧着那本油印的《日常医护讲本》，一边留神竖起耳朵，惦记着听外面有没有自行车铃声或急促的脚步声。一天，两天，三天，家里就像块盐碱地似的，根本就没人停下来瞅上一眼。陈冬生心中觉得奇怪：难道东坝人这两天都不吃五谷杂粮了？都说好了一起不得病了？或者都到邻村退伍兵那里去瞧病了？要是这场子冷下十天半个月的，那可真是坏事儿，好不容易学下的活计还不忘得差不多了……

倒是村主任王志高在他回家的第一天就来看过他了。王村主任老远就冲他伸出手，一边有些做作地打着招呼：陈医生学成归来啦，幸会幸会！

咳，咳。陈冬生还不太习惯这种寒暄，有些尴尬地连声咳嗽。

这个，我昨天、前天、大前天连续三天都在村广播里广播过了，正式通知大家伙儿，有毛病找咱七组的陈冬生小陈医生瞧，我还替你做广告了呢：高中毕业，正规培训，年轻机灵，绝对妙手回春、药到病除……怎么样，还好吧？

还好还好。

还好？王村主任停住笑，他的表情让陈冬生想起他以前的一个班主任，这表情表示他对这个回答不太满意。

多谢王村主任栽培，给我这个机会，我一定尽力……陈冬生尽量自然地说。

不客气不客气。这个，在镇卫生院学得挺齐全吧？三村主任又接着笑下去。

还好。

我考你一个……嗯，这个，挖脚鸡眼会不会？

挖鸡眼？陈冬生发现自己的头脑一阵混乱，好像没学过，真的没学过，估计连梅云也不见得会，可是，这听起来并不难呀。陈冬生一时怔在那里，感到很羞愧。

哦？王村主任没有掩饰他的失望，但到底是村干部，他几乎在瞬间就恢复了热情，大声地鼓励起陈冬生，没关系，年轻人脑子快，边干边学嘛，像老崔，到最后真是十八般武艺样样精通。等你学会了告诉我一声，我让我家小脚的老母亲做你的试验品怎么样？哈哈！他再次爽朗地笑起来，然后告辞了。

第四天，终于有人来找陈冬生了。

巴巴地出门迎客，却发现是邹虎，村上老邹会计的独养儿子，也是镇中学的高考落榜生，比陈冬生早两年。但他混得不错，现在是镇上木器厂的小会计，一个星期只要上两个半天的班，点点钱，做做账，每月都拿工资，平常没事就穿得整整齐齐地在村子里东游西荡，地里的活儿碰也不碰。上学时陈冬生不太喜欢邹虎，总觉得他的做派有些洋盘样儿。但今天看到他，却觉得一阵亲切。

小校友，出息出息！前几天听到广播才知道是你接崔医生的班，不错，这可是个肥差呀，乱世盛世都不愁吃的，说句你不要见怪的话，要是那老崔早死两年，我就不会去那木器厂了，削尖脑袋也要做这个赤脚医生的，那就轮不到你喽……还是你命好，不声不响地就摊上这么个好事，好！好！

也没什么，还不知道行不行呢？在邹虎面前，陈冬生没有掩饰他的忐忑。

这有什么不行的，做医生嘛，差不多开开药、输输葡萄糖就行了，只要瞧不死人，有什么的？再说，就是瞧死人，也正常，病人，到最后不都是死在医院里吗？邹虎带着他一贯自以为是的表情说。

话是这么说……听听邹虎这些歪理，陈冬生心里也轻松多了。这时，他才想起，邹虎是抽烟的，于是从抽屉里找出一包烟拔出一支扔给他。陈冬生不爱闻烟味，但他一直在考虑要不要学一下，镇上及村里的男人，不抽烟的很少，这个习惯，退伍兵和院长亲戚早就说过他的，他们的理论是，男人嘛是一定要养成些习惯、有点小爱好的，比如：见了男人，要散烟；见了女人，要开荤玩笑；上了酒席，要醉酒；上了牌桌，要来点小钱等等，要不然，那活得是个什么劲儿呢？

不客气，你现在也会散烟了，跟学校里真的不一样了，不那么清高了……哎，我问你，有样东西你尝过没？邹虎点着烟，眯起眼睛，歪着靠到长条桌上，一副准备长谈的模样。

什么好吃的？你整天在镇上泡馆子，当然比我见得多啦。

什么好吃的？说出来你都会流口水！邹虎故意卖了个关子，连续吐了三个烟圈，这才得意地说，姑娘嘴里的味道，你吃过吗？然后，他注意地盯着陈冬生。嗯，你不用回答，我来猜，喏，我一看你的神情，就知道，你一准没尝过！对不对？

我还没女朋友嘛……冬生只得说。不知为何，他突然想起梅云，她晚上跟小余一起看VCD时，会不会互相尝尝对方嘴巴里的味道？哎呀，为什么想到那种可能出现的场景，心中觉得那么别扭？

是啊，是啊。农村就是太闭塞，你说，姑娘嘴里的味道那么香甜，为什么就不能让我们先尝尝呢？为什么一定要确立恋爱关系了才能尝？你看人家外国多好，见面了首先就互相尝尝对方嘴巴里的味道，多好。邹虎一边说着，一边感慨地大摇其头，一副生不逢时的模样。

你怎么就知道，那味道很好呢？陈冬生有些迟疑地问。说起来邹虎也不过才二十出头，他这么早就谈上女朋友了？

也没尝到……差一点，咳，就差那么一点。邹虎的脸色有些暗下来，几乎有些失意的样子。

是谁呀？陈冬生很好奇。

四组的沈小莲你认识的吧，才念完了高一就回家的那个……个子不大，但腰贼细贼细，胸脯老高老高……

陈冬生想起来，是有一个叫沈小莲的提前退学了，这个女生跟自己是一块儿进高中的，发育挺早，太惹眼了，都不像是个学生，因此她提前退学了谁都不觉得奇怪。哦，她呀，是你女朋友？

也说不上是女朋友，就是差那么一点点。

差什么呢？冬生不明白。

哎，我问你，咱们坐得这么近，你闻出我身上哪里有什么味儿没？邹虎掉开话头，突然问道。

陈冬生嗅嗅鼻子。没有吧，我闻不出。

我自己也觉得没什么……反正是一个学校的，咱们哥儿们说了也不怕你笑话……我高中一毕业就跟小莲联系上了，断断续续也接触好久了……那天晚上，看完电影，真的，那情形很不错，很那个浪漫，我们走在一起，谁都不说话，然后，我们慢慢停下来，靠近一点，再靠近一点，我想我都快要尝到她嘴巴里的味道了……可是，她突然就躲开我，我拉住她，她却涨红着脸转过头，嘴里像蚊子一样地哼哼着说：你嘴里有股难闻的味道……你说这是怎么说的，我怎么就从没觉得呢？邹虎有些结结巴巴地说，往日那种趾高气扬的精神气完全没了影子。

冬生看了，心中不知为何觉着有些乐了，那个叫沈小莲的看来不仅长得漂亮，也够狡猾的。

所以呢，不瞒你说，今天找你，主要就是想请你给我瞧瞧这嘴巴里的味儿，我知道，报纸上管这叫口臭，多难听，会有那么臭？你刚才不就一直没有闻出来是不是？

你认为你有口臭？冬生忍住笑，拿出一点医生的那种科学的、探究的表情。

要不然，小莲为什么不让我尝她嘴里的味儿呢？事情都过去快一年了，后来我又去找过她好几次，可是她老远的就会把头扭过去不理我，好像我的味儿隔几里地她就能闻见似的，你说急不急人？半年前，我也去找过崔医生，可是你猜他怎么说，他张开他的嘴巴对准我的鼻孔：你来闻，谁的嘴里没味道？果然，他的嘴里一阵怪异的味道让我差点没吐出来！现在看来，也不奇怪，他那时大概已经病得不轻了，嘴里那种怪怪的味道就是一个信号……邹虎又开始滔滔不绝起来，说出了此行的真正目的，他看上去明显轻松起来，像刚刚屙完一泡憋得太久的屎。

邹虎的表情给了陈冬生一些灵感。他像模像样地坐到桌子前，又让邹虎坐到桌子边的椅子上：张开嘴巴，让我看看你的舌苔……大便怎么样？几天一次？

同时，陈冬生身子微微往前倾了倾，又嗅了嗅。果然，有一点，邹虎的嘴巴里有一点味道，但正像他自己所说的那样，绝对谈不上臭，可能每个人都差不多？冬生发现他在镇卫生院并没有碰到这种说来平常却又难以下手的小毛病。

三天一次。很硬，每次都要蹲半个钟点，到最后都干得没法擦了。邹虎很认真地回答。

对，这就对了，中医上管这叫“胃纳滞结、排便不畅”，你这种情况的确是容易在口腔产生轻微的气味……你喜欢吃肉，却不喜欢蔬菜，爱吃米饭却不爱喝糁子粥是吧？这就更对了。没关系，只要你以后注意一下饮食搭配和生活习惯，口臭的症状就会不治而消……冬生慢条斯理满口文绉绉的，就像镇卫生院中医科的那个小老头子。

邹虎却佩服得很的样子，连连点头，连称谓都变了：哎呀，小陈医生，你还真有两下子，都能看出我爱吃什么不爱吃什么……只要你能治好我这个口臭，让我能尝到小莲嘴巴里的味道，我日后重谢，日后重谢！

陈冬生给邹虎嘱了些日常注意事项，又开了两盒黄连上清丸。这一天，他这个新科赤脚医生就算是开张大吉了。

邹虎这个头开得还真是好。自他开始，陈冬生家门口慢慢开始人来人往了，开头的几个病人，碰巧又治得不错，颇有些药到病除的效果。这下子陈冬生彻底在东坝站住脚了，尽管他嘴上的胡子还不那么黑硬，东坝人却还是相信事实的：人家到底是高中生呢，又在镇卫生院正经学习过的……于是他们好像又说好了似的，一起吃五谷杂粮生起病来，许多人都是急匆匆地赶得一头汗地跑到他家门口，因为家中病人正躺在床上哼哼着呢，他们抹着汗跟小陈医生大概说说病人的症状，然后又踩着叮当作响的旧自行车走了，他们要到村头的小卖部去买红糖、罐头和油炸馓子或干烘脆饼，红糖嘛是给病人下药的（东坝人吃药时都喜欢就着红糖水，认为那样既可口又营养），罐头是给嘴里没了味道的病人开胃的，而油炸馓子和干烘脆饼则是特地买来招待小陈医生的了。在东坝，只有家里来了远客、贵客，才会端出猪油馓子、糖水泡脆饼之类——赤脚医生上门出诊，那绝对是要当远客、贵客来恭维的。

陈冬生听了病人家属词不达意的报告，通常情况下，心里就有了点数，却也不敢耽搁，收拾了药箱和挎包跳上自行车就走。为了庆祝和方便他行医，冬生的母亲特地花三百块钱替他新买了一辆男式的28永久车，冬生不出诊的时候，就爱擦擦车收拾收拾，这辆大28虽说也是风里来雨里去，还经常摸黑走夜路，却还是新崭崭的，跟陈冬生清清爽爽的模样很相配。有时，在路上碰到陈冬生，熟人们（以前的病人或他们的家属邻居，总之，他们都是认识他的）老远就会停下来，给他让路，生怕耽误了他似的，同时又不会忘记大声打个招呼：小陈医生，又出门瞧病去哪。

陈冬生骑车速度很快，到了一些庄子的边界，往往还有半大的小孩在等着替他引路，他那么快地就到了病人家，比那个到村头买红糖买馓子的家里人还快哪，这可糟了，拿什么招待咱小陈医生呢？女人们在厨房和厅堂间不知所措地搓着手，一边像是无意地说着：哎呀，到底是小陈医生，最起码比老崔医生当时要快一个时辰哪……

她们这是在间接地夸奖自己，冬生却有些不自在，他不喜欢人家拿自己跟地下的老崔相比。但这往往又是不可能的，特别是一些得慢性病的，他们似乎是久病成医了，有些倚老卖老的样子，大到陈冬生的用药喜好分量轻重，小到他打针吊水的手法、姿势都会不自觉地进行比较，他们喜欢用那种老病号的口气说：哦，你是这样的？从前，老崔医生是那样子的……话说了半句，他们大概也觉着了不妥，话在中途就拐了个弯……不过呢，小陈医生，我相信，你这几种药吃下去一定蛮灵，我对原来的药好像都产生抗药性了……

不管他们说什么，陈冬生基本上是不会搭话的，这也跟老崔很不一样，从病人和他们的家属口中可以听出，那老崔似乎是很饶舌的，到了某个人家，只要不是太急的病症，他都会坐下来点上棵烟先唠上几句，散布各种小道消息，上至首都北京的政治动向，下至某村寡妇的门前是非，他都能讲得活灵活现，有的时候，连睡在里屋的病人都听得支起了身子，病倒先去了三分……就这点而言，大家对小陈医生还是有些失望的，他这样子寡言少语哪像个走村串巷的赤脚医生哩？白可惜他走了那么多路见了那么多人了……

陈冬生觉察到了这一点，但他不想迁就，现在，找他瞧病的人简直太多啦，哪里有时间闲扯呢？再说，还有一个说不出口、跟职业道德相背的原因：陈冬生不喜欢待在病人家里！只要有可能，还是早点离开为好！为什么？因为冬生总觉得他们的房里有股子怪味儿！特别是高烧、严重腹泻和慢性哮喘的病人，他们捂着好几床花花绿绿的被子躺在光线昏暗的床上，有的头上还扎着根红色的宽布条儿，发黄的蚊帐半垂着，床脚下非常显眼地放着痰盂或马桶，里面有颜色可疑的秽物，而在近旁的床头柜上，一碗拌了红糖的稀粥还在冒着热气……陈冬生走上前去，把温度计递给病人，有些老头老太根本就不知该如何使用，他们张开还留着痰迹的嘴直哼哼，表达他们不可传达的痛苦，陈冬生于是再走近一点，把手伸进被子里帮他们插到腋下，刚掀开被角，一股隔了夜的汗味夹杂着说不清的臊腥扑面而来……

陈冬生想起在镇卫生院学习时退伍兵和院长亲戚在玩笑中一直暗示着的：与女病人上床——女病人，那么她就会有红肿的扁桃体、因为多汗而在额上打着结的头发、多日未剪的指甲、眼角的污秽、复杂的体味……怎么可能呢？就是倒贴也不可能跟这样的女病人上床吧。

但无论如何，陈冬生从医以来的心情是越来越好了，对自己医术的担心已烟消云散。注射青霉素、挂葡萄糖是最常用也是最管用的两招鲜，村里人的体质其实还真是不错，一般的小毛小病稍稍下点消炎药就过去了，而医生的出诊，往往又会给病人以非常强烈的心理安慰和康复暗示，有灵验的，甚至在第二天就下地干起活来。

4.每年的春季，东坝总是特别多雨，天就像个爱哭的小姑娘似的，动不动就泪水汪汪。农活还没有真正忙起来，人们大多待在家中，男人们整整屋前院后的树苗或者玩玩扑克，女人们钉鞋底、搓麻绳、闲唠。

陈冬生也稍微闲下来一点。一闲下来，他就会想起梅云，想起分手时她脸上的突然一红，可是这又有什么用呢？她现在一定跟那个啥也不会的小余好上了，退一步讲，就是不好上了，又能怎么样？她在镇上，自己在村里，她那么能干，有经验，自己处处显得嫩乎乎的，好感归好感，也还没有到谈恋爱的那一步吧……母亲却很操心，好像他一工作就应该找个女朋友似的，因为在东坝，男孩子大多在二十出头就应当订婚了。冬生虽然不像母亲那么急，心里却总有些空落落的，特别是到了这样的雨天，觉得分外不耐烦。

好在他一得了闲，邹虎便时常上门聊天，看上去，两个春风得意的年轻人现在倒是很要好了。邹虎后来没有再提过他的口臭，更没有提起过小莲。陈冬生也不便再问，要么就是自己没有治好他的口臭，要么就是小莲不肯回心转意，两个可能性的回答问了都没意思。

虽然在小莲那儿受了挫折，邹虎对女孩子的兴趣却没有减退，他跟陈冬生之间，最主要的话题就是谈如何“吊马子”。都是差不多的岁数儿，陈冬生当然也对这个话题很感兴趣了，但他从来不敢想、不敢说、更不要说去试一试了，唯一能做的就是听邹虎谈他那暂时还得不了手的女人经。邹虎这方面真是个实干家，只要对哪个女孩子有点中意了，他就会不管不顾地隔三岔五地去找人家，不撞南墙不回头，反正他整天没什么大事，这样试过几次以后，有的女娃，脑子很开通，觉得好玩，也就会真的跟他交往上一阵子；有的呢，跟家里人一样保守，会一口气把邹虎啐出老远……

所有的这些过程，不管胜负，邹虎都不避讳，一一地当笑话说给冬生听。但今天，邹虎显得有些怪，他支支吾吾了半天，好像心里憋着件什么大事。冬生看出来了，也不问，只管拿烟喂他，看他要抽到第几根才说到正题。

这么说，老弟，你是真的从来没有碰过女人？到第五根烟，邹虎终于开了口。

难道你碰过？冬生不服气，觉得邹虎问得很可笑。

也没碰过……但是我很想这件事儿，你明白吗？可是我今年才 22 岁，要结婚最起码也要等三四年，天哪，那太长了，我简直受不了了，你说说，你难道不也想那件事儿？这些日子，虽然认识了几个女孩，但离那件事还远得不能再远了……我一直在琢磨着，慢慢也琢磨出来了，那种事儿，在咱东坝，跟女孩子，是不可能来真的，来不了的，除非你跟她领了证喝了酒。可是要等结了婚再睡觉，又有什么意思……

你说这些有什么用呢？又不好提前结婚……

不是不是，我话还没说完呢，我的意思是哪……我们应该找……结了婚的女人试试，你想啊，她们，反正没什么的，都是过来人了……邹虎几乎是有些艰难地说，脸上也有些讪讪的，等着冬生笑话他。

这个这个……你也是有道理的，也是有道理的。冬生发现自己的心都跳得快起来，邹虎的话难道不是真的有些道理吗？

冬生的反应显然鼓舞了邹虎，他脸色稍稍活泛起来。你知道，三组有个媳妇叫英姿吗？长得特别俊气，你有没有到那一带看过病？

三组？去过的，经常去，三组有个万老头儿，儿子在外地工作，家里有些钱，人就娇气，一生病就会喊我过去，但是，没有人跟我提起过这个叫英姿的……

对了，我都忘了，你不可能知道的，人家早就跟我说过，老崔医生是话篓子，小陈医生是闷葫芦，人家还跟你说什么呢……

那个英姿怎么个俊气法？冬生不愿邹虎继续责怪下去，故意地问起那个俊媳妇儿。

我总共也才见过一次。说来也巧，好几年前，她结婚那天，我正好在我三组的一个亲戚家玩，那时我才上五年级，就跟着大人们去看热闹，从人缝里看了她几眼，别的记不太清了，反正第一是皮肤白，白得都不像是喝咱东坝水长大的；第二是胸脯高，当时我还小呢，一看就想，哎呀，要是她是我妈就好了，那样我就能钻到她怀里抱着她奶子喝奶了……

嘿嘿。冬生跟着邹虎一起坏笑起来，这句话实在是过瘾得很。

这热闹看也就看过了，我也差不多快忘了，前两年，总是听到人们闲聊中说起，东坝最俊的媳妇在三组什么的，具体一问，可不，就是我当年想让她做我干妈的那个！她嫁的是个当兵的，听说是在什么海岛上站岗的，工资倒是可以，反正每个月都往回寄钱，可是那管什么用？长年累月的不待在家里呀，所以现在人家背地里都不喊她名字，而管她叫“活寡妇”……

这也太难听了些……

最好玩的还在后头呢，既然是寡妇，这门前就应该是非多是不是？想打她主意的人多得遍布东坝，这半夜里，谁翻进墙去，谁还能知道什么事儿？就是知道，这算不得什么大事，可是呢，怪就怪在，这个女人还挺贞洁的，到目前为止，我算算看，啊，她嫁到三组都六七年了，愣是没听说过谁得手的，听说是因为她家有一条极通人性的狗……

她有孩子没？一个人住？冬生被邹虎讲得有些好奇。

倒是生了一个孩子，今年可能要五六岁了，也怪，听说那孩子是个哑巴，从小不会说话……哎，小哥儿们，你反正是医生，找点什么理由没事去看看嘛，咱东坝的第一俊媳妇，你连看都没看过，也太可怜了吧……

看了又怎么样？又不会真怎么样……

你替我看呀，看看她是个什么性格脾气，家里是否缺什么手脚，反正我整天闲着没事，她家里什么事我都可以做的，那样子一来二去的，不就熟了吗？到时，我就真的做她的干儿子，干儿子嘛，替她做什么都可以的，就是喝奶我也不会让一步！

你让我帮你去铺路呀！那我算什么呀！冬生有些不乐意地叫起来，好像真的在谈一笔什么交易似的。

也不一定全是为了我哟，你不知道你长得很讨大妈大婶喜欢吗？浑身上下这么干干净净的，一股淡淡的消毒水味儿，显得斯斯文文的，还带点神秘，别提多讨喜了，说不定，那“活寡妇”倒一下子就看中你了呢……到时候，你是替你自己铺路，先得手喝上她的奶了，哪还顾得上我这苦命的兄弟……

嘿嘿，嘿嘿。他们又笑起来，都觉得下面异样了起来。

5. 如果你留意，又有足够的耐心和诚心，机会它真的就会笑眯眯不声不响地来了。不过一个星期之后，三组那个万老头的儿子就骑着自行车气喘吁吁地来了：他爹的哮喘又发作了。

陈冬生虽还是不动声色，却悄悄地拿了额头灯、反射镜和长镊子等五官科的家伙放在医药箱里。

帮万老头挂上水，陈冬生坐到外间，像是无意间地问：听说你们这村里有个小孩从小不会说话？

因为陈冬生很少主动开口跟人聊天，万老头的家人觉得有些意外，又有点受宠若惊的样子，万老头的儿子和婆娘你一句我一句地争着说起来：

可不是，除了听到他哭或者笑，愣是没有一句话，可不就是个哑巴！

瞎说什么，这孩子满周我去喝过喜酒，我记得清清楚楚，那时还听见他喊妈妈的，我就不信他真是个哑子，可能真是有什么毛病吧？

不是哑子咋不会说别的话？我看不仅哑，还是个聋子，拿再好吃的糖块逗他，他都像没听见！

哎，别看这孩子不会说，可什么都清清楚楚，连他养的那条狗都是咱全村最机灵的，只要有男人上他家门那狗就乱咬乱叫……

两个人说得有些前言不搭后语的，还互相矛盾，但陈冬生还是听得有点明白：如果那孩子真是哑巴，也是后天的。

等万老头挂完水，陈冬生说：你们谁带我去瞧瞧那个孩子……

万老太是裹过脚的，后来却又因为大革命之故提前拆了，因此，她走路的速度没有受到影响，几乎是健步如飞一下子把陈冬生带到那小孩子家门口，老远就用一种激动的、有功劳的腔调高声喊起来：英姿呀，英姿，狗子拴好没有？别乱咬人，快出来，小陈医生要给你瞧瞧小青的病哩……英姿！英姿！

陈冬生把自行车停在英姿家门前。英姿家门前有一棵桃树、两棵梨树，春天刚过，已经挂上了些可怜可爱的小果子。英姿的房子不大，只一间三进的堂屋另带一间小小的厨房，房子是小红砖的，显得有些自来旧，窗棂却被刷成此地少见的蓝色，很是惹眼，后来，等与英姿熟了，才知道，这漆是那个当兵的丈夫特意刷的，说是这样即使是做梦，老远的也能看清家的位置。

堂屋里出来一个清爽苗条的女人，头发绾成一个髻挂在脑后。与万老太一迭声的呼唤相比，她的表情显得并不热情，甚至还稍稍地有些生硬：我家小青有什么病？我又没请过医生。

英姿，瞧你，他不是一直不说话吗？万老太都有些急了，她回头看看陈冬生，像是表示抱歉。

哦，也不是看病，村里四五岁的孩子我都要顺便瞧一瞧，最近要打防疫针的……冬生说出早就想好了的理由。在看到英姿的第一眼，冬生就发现，她长得有些像梅云，但眼睛却更加黑亮些，在她朝向自己的短短一瞥之中，有如微风拂面、令人沉醉。冬生心中动一动，奇怪邹虎怎么没提到她有这么一双好看的眼睛。

听了冬生不紧不慢、恰如其分的解释，英姿的脸色稍稍松动下来：小青出去玩了……哦，他回来了！

远远地传来几声狗叫，一个小半人高的孩子跟在狗后面往家里跑过来。

虽然才五六岁，小青的表情却比他母亲还要严肃，跟英姿一样黑而亮的眼睛里带着不友好的神色上下打量着陈冬生，又看看万老太，最后才看看自己的母亲，眼睛里满是与年龄不相称的疑问和戒备。那只被牵住的狗在一边不耐烦地四蹄乱动、东嗅西嗅。

英姿用很小的手势指指陈冬生，又做了个打针的动作，算是介绍和说明了。陈冬生对小青友好地笑笑，就势进了屋，打开医药箱，掏出一个旧针管送给小青。小青高兴地接过去，一边好奇地靠近桌子，踮起脚伸长了脖子往药箱里瞧。在东坝，几乎所有的孩子都对这个药箱怀有同样的好奇。小青到底是个孩子，他的戒备一下子被转移了。不知为何，这却让冬生心中感到一痛。冬生对生病的孩子总是有一种天然的同情，在二组，有个七岁的孩子得了再生障碍性贫血，被省城大医院退回来的，家里人也死了心，连起码的护理都放弃了，由着他整天在外面可着劲儿地玩，冬生每次路过二组，都会去看看那个孩子，看他跌跌撞撞地跟别的孩子一起扔沙包，玩得满头都是汗，黑黑的顺着额角淌下来。玩吧玩吧，不知道还能这样玩几天……这次，看到这个不会说话却满眼机灵的小青，冬生的心中感到同样的软弱无力，他觉得自己的存在是非常可笑的，就是这些孩子，都可以上来对自己啐上一口吧：管什么用，简直是废物……

万老太，谢谢你带陈医生过来。您先回去忙吧，万老爹还躺在床上呢……英姿往前走了几步送了送万老太。她走路的样子就像她的神态，神秘、犹疑、缺乏方向感。

等万老太搬着个小脚走远了之后，陈冬生振作起来，开始给小青做简单的检查。

以前给这孩子瞧过病没？陈冬生像是无意地问。一边悄悄地打量英姿的家，英姿的家收拾得很干净，却又过分素净了，让人觉着有些冷冰冰的。堂屋西面墙上挂着的一张中国地图，地图上胶东半岛的附近，贴着一枚亮闪闪的小贴纸，也许，那个看不见地名儿的小黑点上，就是英姿男人长年站岗的地方吧。

除了小时候有时感冒，他一直身体很好的，没事儿瞧什么病？英姿还是不肯承认小青是哑巴，说这话的时候，她微微扭过脸去。英姿说话总有些冷冷的，但可以看得出，这种冷冰冰不是她的情绪，而是一种习惯。冬生不由自主地拿她跟梅云比，不错，梅云要热情得多，可是女人一热情起来就不神秘了，这个英姿，话少少的，眼神淡淡的，却叫人很想去了解她亲近她。

感冒也不找医生瞧病？冬生检查了小青的喉舌及声带，从表面上看，发育都很正常。他突然伸手去挠了挠小青的胳肢窝，小青忍不住夹紧了胳膊咯咯笑起来。从笑声听来，他的发音也是完全正常的。

瞧的，感冒嘛，请老崔医生打过两针，也就好了。英姿看到小青憨憨的样子，也跟着笑了起来。她这一笑，就像阳光突然漏进屋子似的，令冬生眼前一亮。有的女人就是那样，当她突然有了表情的时候，她就令人注目了。

打的什么针？冬生不知为何心中一紧，想起了在镇医院听到的一些例子，成人使用庆大霉素的用量一般在8万单位，但对5岁以下的幼儿，4万单位的庆大霉素就会导致药物性耳聋，而一些缺乏理论基础的医生，对小孩用药，会凭习惯按成人药量减半注射……

好像是叫什么霉素的，我也不太懂……

是不是庆大霉素？冬生还是若无其事的，一边用长镊子帮小青夹出耳朵里积了很大的两块耳屎，他把耳屎给小青看，小青用手接了，笑着送过去给英姿看，好像这两块耳屎给了他一些乐趣似的。

庆大霉素，有点像，也记不清，好几年了，小青那时才一岁多……

冬生的某种猜疑现在得到了初步证实。一岁多，那正是小青学说话的时候，极有可能，他并不哑，只是在一岁多时因过量的庆大霉素失去了听力。

小青妈妈，我认为小青并不像他们说的，他不哑，他的发声系统很正常……

当然了，他从来就不是哑巴，他十一个月就会喊我妈妈了……英姿再次别过头去，她的声音低下去，冬生感到，做母亲的在流泪。

屋子里静了一会儿，小青跑到厨房去给针筒吸满了水，又跑回来，对着房子四角到处喷着玩儿。

那你觉得……他为什么不说话？冬生斟酌着，还是问了下去。

我也不知道……说什么他都不回答，像是没听到，除了喊我妈，他什么都不说……我一天到晚在家，除了听到狗叫，是再没别的声音了……也许是第一次对别人说出心中的隐痛，英姿原本苍白的脸上现出几分不自然的红晕来，她用手扶扶额头，像要压下突然冲上头顶的血液。就陈冬生以前在中医科跟班的经验来看，英姿的身子很虚亏的。可怜的女人，人们只看到她的美，却不知道她的苦——人与人间的交往就是这样，总是存在着可悲的错觉与误解。

老崔的罪过现在已确定无疑，但事情的真相无人知晓，小青的失聪将永远只是母亲暗暗的伤痛。陈冬生决不会说出老崔的这个致命的失误，这不仅仅是出于对前辈的尊重、对职业的维护，就是对英姿、小青及邻居们来说，无知远远要比后悔、怨恨好得多。

告别的时候，英姿拖着小青送到门口，那只狗，像家里的一个主人一样，也摇着尾巴跟在后面。冬生回头不自然地招招手，等骑上车，才发现自己忘了邹虎交代的事：问她家中有没有什么事要帮忙。

从英姿家出来，经过万老头的门口，万老太正等在门口呢，用她一贯的大嗓门对着冬生喊起来：小陈医生，您真是招人疼哪，连狗都喜欢您，小青养的那条狗，平时它可是看到谁都要乱叫的……

邹虎晚上就到陈冬生家来了。他这种急不可耐的样子让冬生心里有些不待见。

怎么样？是不是还那么白、那么丰满？看邹虎的样子，好像口水都要流下来似的。

我没有仔细看……冬生慢吞吞地说，他说的是实话。这邹虎也真是怪，好像英姿如果不白了不丰满了就没意思了似的。

怎么会？我记得她的胸脯特别引人注意……你看女人，难道不先看那两座山峰？

我真的没注意到……可能你当年是个孩子，看什么都觉得大吧……冬生笑话邹虎，一边在想，这个邹虎，英姿哪会肯让他做干儿子？

这样吧，邹虎有些嬉皮笑脸的，老弟，哪天我跟你一起去看看她好不好？现在我总是想着我看见她结婚那天的样子，一想到，就感到心里面像憋着一团火，还真是不好受！你带我去看看，要真是不那么好看了，也省得我老是这样惦念着！你反正在她家是通行无阻的，早有人告诉我了，很奇怪的，她家的狗偏偏就不咬你，这在他们三组可算得上是一号新闻呢，为什么这狗不咬你，大有文章，可能是受了女主人的影响呢，说明英姿对你有意思哟……你可一定要让我沾上点光，别一个人吃独食……

邹虎说得有些赤裸裸的，要在从前，冬生准会跟着他一起嘿嘿傻笑，但见了英姿之后，觉得这些话就有些冒犯她了，跟她整个人不是一回事。

好吧，哪天带你一起去。冬生有些干巴巴地说，但是，我们找什么理由去呢？

开门见山呗，告诉你，弯弯绕对小姑娘管用，但对已婚妇女呀，有一说一、有二说二，效果最好！邹虎又搬出他的一套歪理来，得意地对冬生眨眨眼。

6. 每一季度，按照规定，各村的赤脚医生都要到镇卫生院院长室去汇报一下最近的工作情况，在那里，冬生有时会碰到退伍兵、院长亲戚。这一天，他们两个可能一起说好了的，齐齐地在镇卫生院门口等冬生，等他领完药、报完账就拖着他到最近的饭馆吃饭，这次是退伍兵请客。刚才，冬生到外科去看梅云的，才走到外科门口，恰巧碰到一个医生，一问，说她休假了，冬生就有些胡思乱想，休什么假，不会是准备结婚吧？或者，更快，她开始休产假了……

坐到饭店里，冬生才收回心思。看看那两位好像明显地胖了一圈，抽的烟也比从前的要上了一个档次，看起来，这赤脚医生是做得如鱼得水，他们也不掩饰，互相谈起如何摆谱、如何向病人家属暗示病情的轻重、如何在女病人身上吃豆腐什么的等等，说得得意非凡、唾液四溅。看到陈冬生还是那么瘦高瘦高的，他们好像同情起来：小兄弟，还没女朋友吧，这个时候最苦闷最难挨呢，没事，我们都是过来人，理解理解！今年二十几了？可以先谈一个女朋友了，接触接触也可以败败火的……

来来，替小兄弟干一杯，祝他今年交上桃花运！

接下来的话题里他们就开始教陈冬生如何上女人，说起来这也应该是陈冬生的一堂性启蒙课了，因为喝了酒，也可能是因为脸面老成了，陈冬生没有阻挡，只拿酒杯半遮着脸听他们胡讲海吹。他们的语气非常暧昧，用词又极为粗俗，还时不时地爆发出一阵自得其乐的大笑。在他们的描述中，那种事就是男女关系的唯一过程和目的，男人认识一个女人，跟一个女人说话，讨好她，让她高兴，最终就是为了让她脱掉裤子张开大腿……谈到后来，他们更加放肆起来，说到各种姿势的感觉及具体的动作、频率等，两人都说得满面通红，直仰脖子拿酒解渴……

陈冬生今天喝得有些多了，一听他们两个讲话，他就拼命给自己灌酒，这样，他与他们的区别和距离马上就变小了，听他们讲话就不那么难受和别扭了。他现在发现，喝酒要比抽烟好学得多，反正只管闭上眼睛往嘴里倒就是了，缺点就是太容易醉了，一会儿工夫，脑子里就跟糨糊一样，都没法自己转了。想想他们说的吧，简单！一切都很简单，什么爱情，简直是大粪！女人也是想上床的，跟男人一样，男人女人的交往就是相互利用对方的性器官，所谓的爱情就是脱裤子……哦，天哪，为什么这么想吐？简直像要把胃都吐出来了……跟这两个家伙在一起，冬生觉得，还没年轻呢，自己就已经开始老了……就像一块刚成形的生铁，根本就没用过，就被扔进火红火红的大炉里跟那些硬邦邦的老铁一起没日没夜地烧啦……

那天从镇上回来，陈冬生在屋里整整躺了大半天，又吐又闹，才算是恢复了过来。母亲也不说他，反而像是觉得有些自豪似的，理直气壮地跟上门来的病人家属们说：哎呀，冬生昨天到镇上喝多啦，瞧他这样，还得再练几年才成呢！明天吧，叫他明天一早到你家……

好哪好哪，那我回了，看不出小陈医生还挺爱喝两口的……那些人也觉得正常，好像冬生天生就该是个酒徒似的。

冬生在里面听着，每句话都一清二楚，心中不知为何却感到一阵丧气，这就是他的生活？给人瞧病、自己灌酒、为邹虎牵红线、听别人谈女人？

这天天快黑的时候，又来了一个人，母亲这时恰巧到河坡子上去牵羊了，听到门外的脚步声，冬生以为还是找他瞧病的，仍旧照着母亲的语气说：昨天喝多了，明天一早我去，你家是哪个组的？

外面的人没吱声。

病人很急呀？你家哪个组，远不远？

不是的，我不是请你瞧病的。是个女人的声音，冬生听了心中觉得一阵异样，这声音真是好听呢！难道是英姿？冬生胡思乱想着，连忙穿上外套准备下床。

你……你要是不舒服，就别起床了……我到你房间可以吧……一边说着，她就进来了。

冬生拥住被子，看了看，觉得不认识，但又觉得面熟。你……

我……是沈小莲，跟你同了一年的学呢！虽然天还不那么热，沈小莲却只穿了一件短而紧的薄毛衣，浑身凹凸分明，腰细得像没有了，简直让冬生都有些不敢仔细盯着她看了。对了，上次听邹虎说过，小莲参加过镇上宣传队的，怪不得穿得挺时髦，就是梅云，也没见她穿过这么紧身的衣服。

哦，哦。陈冬生觉得非常尴尬，怎么正好坐在床上呢？真是很别扭，好像很不严肃的样子。你找我有事？

瞧你，到底是做了赤脚医生了，老同学没事就不能来找你了？沈小莲的语调听上去很活泼，但这活泼并不自然，看得出，她也有几分紧张和别扭。冬生心中有了一些好感，看来，她在心里把赤脚医生看得挺高呢。

哪里，瞎混呗……陈冬生想要起床，却又不好掀开被子。就那么有些僵僵地坐在床头。

你要不要喝水？我去给你倒吧。小莲到底是聪明的，转身出去到灶间给冬生倒水去了。冬生连忙穿了衣服起来。

冬生正好嘴中有些泛苦，接过水就大口大口地喝起来，心中觉得小莲很有眼色，要比那个老崔医生的婆娘强一百倍了，嗯？怎么会拿她跟老崔的婆娘比呢？真是滑稽。小莲今天突然上门到底是干什么哩，会不会是跟邹虎有关？唉，小莲长得这么漂亮，真是太便宜邹虎了。

嗯，你现在忙些什么？

准备跟人学裁缝呢……早听说你在村里当赤脚医生，一直想来看你，又怕你不认识了，今天，正好路过这里……你呀，没怎么变，还那么实实在在的，挺好的……小莲不像一开始那么活泼了，话说得有些讷讷的，好像在背一串她早就想好了的话。

挺好，挺好。

嗯，女朋友呢，谈的哪儿的？她继续背诵台词，语气极不自然，不像在聊天，倒像在审问。好玩，以前不是听说小莲挺活泼的吗，她怎么看上去比自己还紧张？冬生心中又多了些自信，太好了，以前在漂亮女生面前就会紧张，现在不了，最起码在小莲面前不了。

哦，没有，还没谈呢，你看我工作才半年多……水喝完了，陈冬生忽然想起来，母亲那两头羊怎么这么难牵呢？怎么还不回来呢……不，她不回来也好，我应该锻炼一下自己跟漂亮姑娘待在一块儿的能力，省得邹虎老是嘲笑我：不仅没吃过猪肉，连猪跑都没见过……

都一样，我们这批人好像没几个谈上的……你呀，将来肯定会挑花眼的……小莲带点试探地说。她这句话里的潜台词太明显了，冬生在心里悄悄地笑起来。

没有的事，我怎么会挑……冬生悄悄地打量小莲。屋子里光线不太好，但小莲站着的地方却让人觉得耀眼，她的头发很长，像城里的姑娘那样披在后面，她的眼睛闪亮亮的，带着一点笑地盯着陈冬生，那笑里，又好像不仅仅是笑……

那天，小莲在冬生家里聊了很长时间，而冬生的母亲，像是掉进了地里的什么大坑里似的，直到她走了，才好不容易爬了出来回来家中。

我知道有个姑娘来找你，那是谁我也知道，我老远儿地就看见了，于是我就又牵着两头羊重回到地里去了……长得真挺好看呀，怪不得叫“东坝一枝花”呢，冬生，你啥时认识的？也不跟妈打个招呼，让我也高兴高兴！

不是的不是，她可能是有事找我，但她又什么都没说……

这就对了呀，我的傻儿子，人家肯定对你有意思，要不然，这会子天都快黑了，跟你在一个屋里说那么多闲话儿干什么？

陈冬生被母亲说得有点心动，他想起前天在镇上小饭店里退伍兵和院长亲戚的祝酒词：祝小兄弟早日交上桃花运！说不定，祝酒词还是有些灵验的，自己这么好好地睡在床上，桃花运不就从天而降了？

好像就是从那天起，几乎每天早晨，沈小莲都会来找冬生聊一会儿天，她说，她学裁缝的师傅家就在附近，因此，顺路路过这里。尽管这话听上去有些可疑，但还是能免去双方的尴尬的；倒是冬生的母亲，太夸张了，每次都找借口出去有事。这样，他们就跟第一天一样，家里没别的人，只好各自努力着、断断续续地没话找话，但是可以看得出，小莲在两人交往的态度上，是主动和热情的。

冬生觉得这件事有些捉摸不透，小莲从一开始就没有提过邹虎，看上去，他们好像没有任何联系，那么，小莲天天来玩是冲着自己喽？她怎么会突然就想到找自己呢？难道一个赤脚医生的牌头有那么大的号召力，她竟然会天天主动地“顺便”到家里来玩？当然，冬生是喜欢和小莲待在一起的，毕竟，她长得很漂亮，又很机灵，冬生挑不出她有什么不好，虽然冬生不太适应她过分主动热情的方式，但最起码，总比空空地惦念着一个梅云好吧。

而沈小莲，说到底，她也是没有把握和缺乏经验的，她的那些热情和主动总像是挂在身体外面的一张表皮，离她真实的内心还有很远的距离，在一些突然空白下来的瞬间，也许是突然想起了什么，她的脸会突然涨红了起来，好像为自己的笨拙而感到焦急似的。但往往就是她这些一闪而过的脸红，让冬生看到了他一直向往的少女之涩，他的心会突然急速地跳动起来。

这些天里，冬生开始遗精了，也许是在梦中，也许是在临睡前的胡思乱想中。但他看不清让他遗精的那个人是谁，好像是梅云，又有点像英姿，再仔细看看，却又是小莲，他好像一下子就搂到她细细的腰肢，然后，像退伍兵和院长亲戚说的那样，脱下她的裤子，分开她的腿……

7. 有一天，小莲前脚刚走，邹虎后脚就来了，冬生怀疑邹虎一定碰上小莲了，于是就势说出心中多日的疑问：那个叫沈小莲的，你们后来……

你放心，早结束了，不，压根就没开始过。你跟小莲的事现在几乎全村有一半的年轻人都知道，你当心，追小莲的人可多了，你现在成了大家的情敌了……我听人说，你们已经那个过了，因为小莲最近看上去像一朵新开了苞的花儿似的……你吃惊什么？难道不是真的？别得了便宜还装傻，你说说看，有没有尝到那个好味儿？

没有没有，我跟她八字还没一撇呢……

不要怪我多嘴，小莲可是熟透了的一颗果子，你真有点什么想法，最好趁早下手，别给别人抢了先……

冬生心中觉得有些不舒服，他跟小莲真的什么都还不是，怎么外面倒传得这么难听呢！小莲总不会到处去跟人宣传吧，真是有点怪了，叫人心里怪有些恶心的，难道真像退伍兵他们说的，世上根本没有他妈的狗屁爱情？

好了，你脸色这么难看干什么？你的事我不多嘴。医生同志，我托你的事呢，什么时候带我到英姿那里去？我真的等得都有些不耐烦了，要么一下子让我得手上了她，要么我另外找人，你好歹让我了却这桩心事才是！

实在被邹虎催不过，冬生这天真的带他去了英姿家。正是懒洋洋的仲春，又是中午，许多人家都掩了门在睡觉，因此，整个村子显得有些静悄悄的。

狗看到邹虎，一个劲儿地狂叫起来，但同时却又抽空对着冬生摇头摆尾表示欢迎，样子有些滑稽。小青用劲拖住狗脖子里的绳子，小小的身子都快要向后倒下去了。

英姿闻声出来了，也许她刚才也在午休，穿着一身有些皱的淡色衣服，头发散着，有些乱，大概没有料到来的是他们，她略略有些不好意思地往后拢拢头发，不知该怎么办才好了。冬生看了觉得很异样，这次的英姿跟上次见的大不一样，别有些柔和、胆怯、不知所措的味道，凭直觉可以知道，这样才是她的本性。

邹虎在后面直掐他的背，冬生连忙对英姿说：这是我的中学校友，也是好朋友，叫邹虎，他小时候就见过你；听说我认识你，就一定要让我带他过来……冬生一字不差地按照邹虎教他的话。

说话之中，英姿就严肃起来，好像她刚刚戴好一副恰当的面具，一下子变得那么淡漠的、带着些厌倦，好像连冬生都不太认识似的。她勉强喝住了狗，却仍站在门口，不开口应声，也不把他们往屋里迎。冬生看着她，想通过眼神解释什么，英姿却不给他对视的机会。

嫂子，也没什么，小弟在镇上木器厂做事，平常比较得空，您身子弱，家里要是有什么力气活儿，我可以来做做的……邹虎一副自来熟的派头，全然不顾英姿渐渐沉下来的面色。

为什么呢？英姿总算开了口，眼皮却还是不抬起来。

为什么？有些事情没有为什么，说了你可能不信，你结婚那天我就见着你了，那年我才上五年级，那天碰巧见到了，就一直忘不掉……也许你不喜欢听这种话，不过我说的是实话，想替你做点事情也是实话。您尽管放心，有冬生在这儿做担保，我没什么别的意思……邹虎做出老实巴交的样子，一边说着，还拉起冬生的手，好像冬生就是他品行的证明似的。

冬生心中有些不快，但还是配合地点点头。他看到英姿看了自己一眼，眼睛突然像刀锋似的那么一亮，什么都一清二楚的样子。冬生有些羞愧，同时，却又觉得安慰，最起码，英姿还愿意用眼神来责怪自己，或者，英姿也知道，自己跟邹虎并不是一回事。

谢谢了，真想不到现在世上还有你这样一心想做好事的人。心领了，我们家没什么事，再说，真要有什么事，我家这只狗倒比个真人还顶用呢……英姿带着些嘲弄的口气，却很坚决，与她单薄的身子有些不相称。冬生在一边看了，心中直有些疼惜，后悔不该带邹虎来胡闹。

这头一回，邹虎算是碰了个钉子，冬生心中也不高兴，觉得自己两头都不是人，回家的路上有些讪讪的不肯说话。邹虎却无所谓，哼着小曲说：好了，你的任务基本完成，以后啊，反正也算认识了，我就开始单独行动了，你看出没？她对我的印象其实还是很好的，实话实说最有感染力……另外，能想象得出来的，她一定很孤独，肯定想有人能陪陪她，独守空房这么多年，不容易的，一般的庄稼汉子她肯定也看不上，我这种年轻风流的一定最中她的意……你这回看清了吧，她的奶子真的是蛮大的，穿着那身肥肥大大的衣裳，别有一种味道呢，他妈的，哪天能上她就好了，我要从她身上开始我的男人生活……

冬生听得心中直犯堵，忙搬出狗来打击邹虎：那只狗，你想它会放你进门去？当心染上狂犬病……

一只狗，还怕我对付不了？你就等着我的好消息吧。

8. 梦境跟现实之间像是有某种隐秘的联系，真是想不到，冬生梦里常常在做着的一件事情突然以令人吃惊的速度变成了一个事实。

具体的情形在现在看来，已经像个梦境了。那天，小莲是下午来的，因为天气开始热了，冬生的衬衫没有扣。他们像往常一样，坐在冬生的房间里聊天。母亲呢，她说她到邻居家借筛子去了。

正聊得好好的，不知怎的，没有任何预兆的，小莲的脸色突然苍白起来，牙齿咬着嘴唇，像是无法站立似的。冬生有点慌了，这是什么毛病呢？从来没见过呀，他伸出手去，勉强摸摸小莲的额头，她并不发烧。

虽然表情非常痛苦，小莲却还算镇定，她用细细的声音说：让我到床上躺一躺，麻烦你去给我倒点红糖水……

冬生连忙到灶间去，很快折回来，小莲已经躺到床上去了，用被子盖着，她的身体在被子里起伏着，好像十分难受。

冬生顾不得避嫌，走近过去，托起小莲的头让她喝水，小莲却转过她红得像在发烧的脸直摇头，很突兀地，突然很痛苦地说了一句：冬生，你要帮帮我……然后，她伸出一只手，主动带着冬生的手，往被窝里走……冬生吃惊地发现，被窝里的小莲是个光身子……

你怎么了？冬生用力地停住，不敢相信自己所看到的一切。这哪里像小莲呢？尽管她一直过分主动了，但也不至于如此呀，她怎么会突然变得这样呢？她为什么要脱光衣服？是否犯了什么自己从没听过的毛病？还是根本就是自己在做梦？

冬生，你不喜欢我吗？来吧，你不愿意和我……小莲闭起眼睛，神色复杂而混乱，带着些疯狂和决绝。

冬生的手这时候已经被小莲拉到她的高高的胸部了，被子有些滑下来，从被子口，冬生可以看见：自己的手正停在那两团山峰中间——这下子冬生是彻底被电流击中了，像一个从未出过深山的乡下孩子突然来到繁华炫目的都市，他无法呼吸无法思考无法拒绝，甚至无法注意到小莲有些异样的神色……当他还在那两个山峰间的旋涡里茫然挣扎时，小莲的手却又像个势利之徒似的，不屑于那种没有实质性意义的逗留，又急急忙忙、不管不顾地继续往下走，径直来到那片毛茸茸的草地……天哪，冬生真的无法再忍受了，还不如马上死掉算了！

到这个时候，20岁的冬生觉得他已经不是他自己了，他忽然想起了他从退伍兵和院长亲戚那儿听到过的有关这种事情的任何细节，他一直压抑和不敢面对的那些恶和欲终于爆发出来，现在他不是冬生了，而是整天做着女人梦并且梦想快要成真的邹虎，是出口粗俗脏话连篇的退伍兵，是风流成性东搂西抱的院长亲戚……小莲是谁并不重要，重要的是她是一个光着身子张开双腿的女人……没错，世上压根没有什么可笑的爱情，有的就是男人女人的那个事……哦，天哪，让我进入投入深邃的黑洞吧，哪怕后面就是深渊就是死亡……

9. 小陈，我那事儿不行，我怀疑我得了那个……阳痿。村主任王志高几乎是没有任何铺垫和寒暄地突然说，这与他以往的谈话风格非常不一致，让冬生觉得有些措手不及。说这话的时候王村主任点起了一棵烟，袅袅上升的烟雾有效地遮住了他的表情。

陈冬生的脸反倒红起来，他知道这个毛病对一个男人到底意味着什么。

在镇医院，因为没有专门的泌尿科，因而根本没有人提到这种毛病，难道可以再次告诉王村主任：这个病，还没学到哩！那听上去多像是一种嘲弄呀，回绝替他的小脚母亲挖鸡眼还是可以原谅的，这个，却不行。

这个，我也不是很擅长，我查一些书，选一些食疗法，您看行不行？冬生斟字酌句地说，生怕伤了村主任的自尊心。

也无所谓，我告诉你并不是一定表示要治好，年龄也在这儿了……当然了，你要有兴趣，替我治治也行，治不好我绝不会怪你……王志高超然地说，冬生却更加替他难过了，英雄气短比美人迟暮似乎更加令人同情。冬生想起村上的一些传闻来，在那些活灵活现的转述和引用中，村主任王志高是个十足的好色之徒，但凡有些姿色的媳妇姑娘，他都会想方设法沾沾手脚，哪怕就是摸一摸搂一搂，他也感到心满意足。看来人们全都误会了，他们只看到事物的一些表面现象——王志高只是喜欢开一些荤玩笑而已，就跟退伍兵或院长亲戚一样，这是东坝男人的一种习惯和做派，爱说并不表示就爱做，尤其像王志高这样的，就是爱做他也做不了呀……冬生在心中直替王志高叫屈，同时，又有几分忐忑：得知一个男人如此关键的秘密，是否要付出什么代价？

也许冬生的脸上是藏不住表情的，王志高突然甩了烟站起来：没事儿，小陈，因为你是医生，我才突然想到要跟你说说，我这毛病不是一天两天了，我早就不把它当回事儿了，我知道外面怎么说，我太喜欢听他们说我是个色村主任、花村主任了，他们越是说我就越得劲，越是起劲地跟那些姑娘媳妇们开玩笑，捏捏她们的脸蛋子屁股蛋子……你不要有负担，我只是突然想到要说一说，一个秘密它不能总是秘密，对不对？秘密其实就像个女人，总是要有人去戳穿它的是不是？

王村主任都走了好久了，冬生还有些想不通，或许是因为太震惊了。那么自己该做些什么呢？如何才能对得起村主任的信任呢？按照他最后那句话的逻辑，村主任的这个秘密是在自己这儿被戳穿了，那么，自己就应该负起责来，有所作为，对得起这个秘密……

10. 那次意外而突然的肌肤相亲之后，小莲与冬生的关系反而进入了某种胶着而别扭的阶段。冬生的后悔是不用说的，因为他一贯是传统的，在他的逻辑和计划里，他本来是想先跟一个女孩谈谈朦胧的爱情，有点感觉，比如一些惆怅和想念什么的，就像从前在镇上跟梅云之间，虽然什么都没有，可那些感觉却好像全都有了……可现在，从前到后，跟小莲认识不过才两个月时间，这算什么呢？跟退伍兵和院长亲戚有什么区别？起点是睡觉，过程是睡觉，终点还是睡觉，这算什么呢？还没吃上饭呢怎么就觉得饱了？而心里，却空空的像丢了什么值钱东西似的……

母亲显然也知道了，因为她第二天就特地杀了一只小公鸡，疼惜地逼着冬生全部吃掉。但对小莲，她的神色却不如从前那般殷勤了。不知小莲是否因为母亲的态度，还是别的原因，总之她现在反而不再像从前那样每天都来看冬生了，就是来，她也表现得过分矜持，简直跟从前判若两人——如果冬生没有记错，小莲第一次上门，就直接进入了他的房间，而当时，他还躺在床上。这让冬生觉得非常奇怪，难道她一度消失的少女的羞涩最近又复活了？不仅如此，冬生现在甚至觉得小莲比从前更加陌生了，特别是她的神情，看着冬生的时候，总是太复杂了，像是若有所思、心事重重似的……她为什么这样？那件事真的不能怪自己呀！

由于她不再进入房间，那种事也就没有了再次发生的时机和场合。有了第一次，虽然那个第一次那样慌张而突兀，但冬生还是想第二次的。对两性之欢，他觉得自己好像才撕开了一个细细小小的口子，才刚刚往里面看了一眼，无限的风光只得了匆忙的小小一瞥，却没有了再次继续的机会……但冬生是绝对不会请求或暗示小莲的，他什么也没说，他只是劝自己：也许，她现在也后悔了，觉得那天很不妥当，不愿意再跟我那个了，那就算了，好歹……好歹，在那件事上，自己现在不再是有名无实了，随便外面再怎么说去吧。

11. 小孩打防疫针的事在广播里早就通知过了，这两日冬生家里挤满了哇哇大哭的孩子，集中打了两天，也就基本结束了。冬生看看名单，三组的丁小青没有来。又等了两天，过了集中注射的时间，还是没来，冬生心中有些模模糊糊的高兴，他很快决定明天带着针剂到三组去。真的，应该上门服务一下——对港澳台属、军属、五保户、烈士家庭，都是应该提供特别服务的，这是镇卫生院对赤脚医生的基本要求之一。

天上有些下雨，昨天擦得干干净净的大永久车被骑得一团糟污，路上碰不到几个熟人，但冬生怀疑路边每一家半开半合的窗户后面都有几双因为无法下地做活而显得格外好奇的眼睛。管他呢，你们看去吧，我就是到英姿家去的，爱讲什么就讲吧，即使是一个又聋又哑的小孩，他也应该打预防针是不是?

英姿对赤脚医生的到来没有表示吃惊，也许她是早有准备的，水瓶里灌好了开水，家里有现成的脆饼和红糖，虽然她的表情还是那么淡淡的。

小青在里面的床上睡觉，狗卧在他的床头，听到冬生来，它抬起头看了看，像个被惊醒的老人，一看是冬生，又枕着小青的腿接着睡去。

不吃不吃……我来给小青打一针，你们前两天没去……

先坐一会儿吧……你，下次，不要再带邹虎那样的人来了……

怎么？他，后来……

他用下了毒的包子喂我家的狗，幸好我家的狗不吃外人的东西，那包子被万老太家的狗吃了，半个时辰不到就死了……

对不起，没想到……他可能只是想……

他想什么我一清二楚，这么多年了，看得最多的就是他这种男人脸上的那种表情……想想都要吐……我家的狗也知道，它会看人，一直看到心里去……你想，他要是害死我家的狗，我头一个要恨的，就是你！

你家的狗，它不咬我……冬生小声地说，好像在为他与邹虎间画个分界线。

是啊，它唯独不咬你，我也觉得有些怪，可能因为你是医生……英姿有些沉吟地，她像咽下了另外一句快到嘴边的什么话似的。

啊，我是医生……

静了一会儿，英姿好像下了决心似的，重新说，小陈医生，你看我的身体怎么样……一边说着，好像有些不好意思地站起来，慢慢地走到窗户下，侧过脸看着外面的雨。雨中的余光透过蓝色的窗棂照到她的半边身上，冬生这才注意到，的确，邹虎说得没错，英姿的胸部很美。冬生忽然想起那天与小莲在一起的感觉，透过被角可以看见，他的手停在一对乳房上，如果，是停在英姿的上面……这么一想，就觉得头上“嗡”的一声，像是肿了起来似的。

医生，你看我身体怎么样？英姿再次问了一句。

挺好，非常好，好极了，你知道吗？你有些像我认识的一个人……冬生几乎是喃喃地。

咳，你在说什么？怪不得有人说你常常走神呢……

哦，不，我看出来了……你身体不太好，可能有点阴虚内亏……你是否睡眠不好？冬生一阵脸红，连忙补充道。

哎呀，陈医生，想不到你真像他们说的，眼力很好呢……真的，我一直不好意思说给别人听，不知怎么搞的，夜里很难睡，几乎瞪着眼睛一直到天快亮，说起来我们家也不是狗在守夜，是我自己在守哩，而到了白天，倒会困得连走路都能睡着……你看可笑不可笑……

多长时间了？想不到真猜对了，冬生心中有些得意，继续问下去。

好几年了，好像生完小青就这样了……其实习惯也习惯了，只是今天碰巧得空，问问你……

以前没找崔医生瞧过？

崔医生那张嘴，告诉他还不等于告诉全村所有的人？我怕别人笑话，一个女人家，夜里睡不着，说起来怪难听的……但真的呀，我总是睡不好，白天干了那么多活儿到晚上还是睡不好，就在床上听狗子喘气，看小青的脸……我看你跟崔医生不一样，嘴比较紧，所以……要不，你开点药，我睡前吃了，好歹睡几场香觉看看……

那些药，总归有副作用的……你让我回去查一查，有什么好的方子试一试……你再稍稍等一等好吧。冬生做出胸有成竹的样子，好像真的能找到什么方子似的。

英姿好看地笑了笑，算是谢了。起身到房里去看小青，那乖巧的孩子，早睁着两只亮亮的眼睛醒着呢。

12. 今天是怎么了？冬生一起床，就觉得左眼皮跳，几乎跳了半个时辰，冬生并不迷信的，可是还是忍不住想：怎么了，会有什么坏事？一想之下，他索性重新钻进被窝，再睡过去。

正迷迷糊糊地做着梦呢，却被母亲摇醒了：小莲在堂屋等你呢，说有急事……冬生，我看小莲的脸色很差哩，你要注意点儿，别没完没了的，当心出事……

你讲什么？

好了，我不多说了，你自己要有数，快去吧……

小莲看到冬生出来，一下子站起来，看得出，她很紧张。冬生的母亲走了之后，她走近一点，但脸却别过去。

我肚子里有了。她的声音很低，但字字清晰，听来如同炸雷。

……冬生一下子不知说什么才好，忽然觉得这辈子都完了似的。他悄悄拿眼睛看着小莲的肚子，可不是的，看上去就不一样，像是有点凸出来了似的，哦不，难道小莲会替自己生个孩子出来？可是，怎么才那么一次，这么快就有了？天哪，那种事情真是碰不得的，怪不得退伍兵他们说我第一样要学会的就是如何使用避孕工具，现在好了，什么都不懂，却什么都做了，这真是报应，是上天在惩罚自己……冬生脑子里乱乱的，又吃惊又悔恨又害怕……

你反正是医生，知道该怎么办的，无论如何帮我弄掉吧，不要再让第二个人知道……小莲接着说，看来她是早就想好的。这样说着的时候，她几乎没什么表情，像一个被线拉住四肢的木偶。

冬生缓过一口气。还好，本来，他以为小莲会叫他去办婚事。现在，就在这一刻，小莲刚才说话的口气和表情传递给冬生一个非常强烈的直觉：只要他帮小莲解决掉那个肚子里的问题，她似乎并不一定要嫁给他；似乎她认识他的目的只是搞上这个孩子，然后再搞掉。这听上去没有任何逻辑，但真的，冬生就有这种感觉。

行，行，这事我来想办法。冬生一迭声地说。同样不看小莲，好像他们是两个各怀鬼胎的同谋犯似的。要谋杀的那个婴儿，还躺在温暖的子宫里一点点长大呢。

13. 这一回吃酒，是冬生做东了，因为他这次是有企图的，非常迫切，他必须向两个同门师兄请教几个镇卫生院没有教他的疑难杂症。它们的迫切程度分别为：堕胎术、失眠症、阳痿。但为了不引起另外两个人膨胀的想象和嘲弄，冬生决定，他询问的顺序将是：失眠症、阳痿和堕胎术。

冬生买了四瓶“稻花香”，这是镇上最流行的好酒，冬生打定主意，在得到答案之前，绝对滴酒不沾；为了保证答案的可靠性，也要控制他们两个喝酒的速度。

这失眠的毛病啊，要分男女，你们那儿得这病的是男的还是女的？退伍兵吃下一大块鸭肉，然后喝了第一口稻花香。

男的怎么治？女的怎么治？我不如学全点儿。冬生半真半假地说，他怕他们追根问底，到最后问出英姿来，他向英姿保证过，不会再有第二个人知道她的这个毛病。

原理呢其实也差不多。男人的方子是：女人一个或数个，睡前用。女人的呢：男人一个或数个，睡前用。没有任何毒副作用。

退伍兵刚说完，院长亲戚就含着酒大笑起来，嗬嗬，有意思有意思……你的概括很精辟呀，很精辟呀。他大概觉得“精辟”是个好词，一连重复了好几次。

冬生有些不高兴，他们为什么总是开玩笑呢？好像不开玩笑就没法说话似的。

小兄弟，你不要挂起脸，我讲的是实在话，连书上都这么说过的。你现在还小，不懂得，也没有体验，这个，不管男人女人，只要做些那种床上运动，那个什么，书上说，脑内会分泌一种叫什么素的，总之，就是让人放松、愉悦，然后就昏昏欲睡……真的，你回去跟你的病人说，不要不好意思，这是科学，又不是胡编乱造，失眠的人，保证是那个事儿不行，量不行，质不行，到最后，下面不满足、不舒服、有想头，然后就睡不着……退伍兵开始倒第二杯酒了，自己敬自己，为刚才的这一长串滔滔不绝。

院长亲戚看见冬生满面失望，忙点着头加以肯定：真的，千真万确，不过，这种病呢在东坝很少有人得，晚上关了门，谁家不干那事儿哩，干了就不会得……你那病人，问题的根儿肯定出在那事上……

好吧，这个就过了，我懂了……下面这个毛病，你们可得告诉我点实实在在的，要不然我怎么跟人家交代……他得的是阳痿……冬生给两位满上了酒，希望他们看在这一桌分外丰盛的酒菜分儿上不要再开玩笑了。

两个人果然严肃了一点。这个病人，对你很好哩，居然就对你说这件事……你要当心，他这么相信你，告诉你这种事情，你一定要当心……院长亲戚用一种老于世故的口气说，没有人会平白无故这么信任你……你要注意喽。

你不要吓我，我帮他治好了不就行了吗？所以我才来找你们要方子啊……冬生被院长亲戚讲得有些背后发凉。

这个，我现在也报不出来，我家里有本旧书，都是以前的些老方子，是院长给我的，听说挺管用，下回我带给你……

算了，等会儿我到你家去抄一下吧。冬生简直喜出望外了。

不过，我可提醒你，根据我的经验，这种事儿呢主要是看心理上的感觉，怎么说呢？叫心里想行，不行也行；心里想不行，行也不行。你主要是做好那个人的思想工作，让他自己转过弯来，你懂不懂……要不然，吃神仙药也没用，到时候，你可别怨我这方子不灵……

什么方子呀，我也想吃一点壮一壮！怪不得你金枪不倒呢，敢情是家里有独门偏方专门保养！退伍兵嬉皮笑脸的，说话已经开始含混了。

什么偏方？告诉你一句正经道理：保养的最好方法就是使用！越用越灵，越用刀子越亮越得劲！像咱小陈，还没开光呢，一把好刀藏在裆里也真是可惜呀……

冬生看看酒瓶，第三瓶稻花香也快要见底了，看两位，好像已经差不多了。冬生咬咬牙，竭力装出若无其事的样子：好了，最后一个问题了，怎么做堕胎？

哈哈哈！两个人一起狂笑起来，退伍兵亲热地靠近了拍冬生的肩膀，好小子，有本事，今天的三个毛病一个比一个绝呀，简直可以编一个故事了：一个女人失眠了，为什么呢？因为她男人不中用，是个阳痿，可是，突然，这个女的又有了身孕，这是谁干的？是谁？原来是赤脚医生，那不中用的男人于是去找赤脚医生，要告他，赤脚医生说：没办法，你婆娘的身孕是治疗失眠症产生的后遗症！哈哈哈！简直笑死人了……退伍兵的想象力像癌症细胞似的无限扩张起来。

冬生的脸色却变得煞白，不知为何，这个随口乱编的故事让他感到心虚和害怕，好像这个故事里的某些情节，对生活中有所暗示和影射似的。

院长亲戚还是从世事的角度看问题：看来，小陈兄弟，你在东坝人缘很好哟，别人会把这些个很难启齿的事都告诉你……怪不得你要这么急地问我们要方子，就凭人家这么信你，也确实是该帮一帮的……老实说吧，毕竟我们三个都是新手，堕胎这种事，是从来没有做过的，说起来，这对女人来说，还是件不小的事，因此呢，真得慎重点儿，虽然人家信任你，但是你要稳住，不能做的坚决不要做，以防出大事儿……我看呢，你就跟那人实话实说，让她到镇医院去，那里是很保险的……

不行，病人……她还没结婚呢，一到镇医院去，她将来的名声……不行不行，你们另外想想办法！冬生几乎都要说出实情了。

咦，嫁给那个让她怀孕的人好了，很简单的，未婚先孕的事，东坝又不是没有过。谁做的谁承担，这个没什么好商量的，做都做了，还怕什么……退伍兵一边开第四瓶酒，一边很正直地，酒精似乎使他变得天真起来。

可能也不是那么简单，说实话，我就碰到过不宜告人的大姑娘有身孕，没有关系，总有办法……院长亲戚似乎从冬生一筹莫展的表情中猜到了什么。

那您说，您说。冬生连忙给院长亲戚斟酒。

但是我想知道，我到底是在帮谁搞定这件事？院长亲戚举起酒杯，对着灯光，像是在研究酒精的成分。

退伍兵眨着眼睛一时没听明白，冬生却听清了。他没有犹豫，也不想再遮遮掩掩了：没错，是我，你帮的是我。

你说实话就好，是自己人，我也就实话实说。我可以帮你找卫生院的人私下里帮忙，安全可以保证的，而且绝对隐秘，做手术和被做手术的都可以戴上口罩，事情一结束，各人走开，谁也不会再认识谁……

那敢情好那敢情好……这样子大约需要多少钱呢？冬生总算抓住了问题的关键。

主要是给做事的医生。他们的行情是八百块。

退伍兵不由自主地“呀”了一声，突然又收住口，掩饰着举起酒杯。

冬生的心荡悠了一下，却克制住不做出任何吃惊的表情。好的，好的，那就托您帮这个忙了。

看起来，现在所有的问题都找到了解决的方案，不管这些方案是良性的还是恶性的，是可行的还是可笑的。冬生笑起来，抓起最后一瓶酒，里面只剩下三分之一了，不够，这哪里够？他对正在角落里打瞌睡的服务员招招手：再来一瓶稻花香。

14. 冬生把几颗安眠药放在英姿家的桌上，要不，你还是吃药吧……别的方子，可能也不太适合你……冬生开的量很小，按这个量，他起码得一个星期给英姿送一次药。但是开安眠药是有规定的，只有多跑几趟了。

还有什么方子，你说说看？我不怕苦，中药都能喝的……

不是，不是药。

那是什么？

下次再说吧。冬生想了想，还是说不出口。虽然英姿在自己面前比平常要温和得多，可冬生在心底里总怀有一层敬畏和同情，再说，他也怕说得轻狎了她突然翻了脸，那样，就不能再像现在这样常常上门说话了。说实在的，冬生现在对英姿家都有些流连忘返了，小青的机灵，那狗的亲热，她本人的淡然，这三者似乎都对冬生有着一种奇特的吸引。只要出诊路过三组，他总归是要来停一停看一看的，有人好奇地问起，他就会很严肃地说：我最近在定期观察小青的耳朵，看看能否安装人造耳蜗……

后来，后来，邹虎来过没有？他转移了话题。

来过几次，我都不用开口，狗替我做得好好的……你交朋友也要注意的……要是你跟他成了一路货色可就晚了……

你为什么不让狗咬我？冬生想起另一个问题，这也是东坝人最津津乐道的一个小花絮：英姿家的狗竟然不咬小陈医生。

狗它自己决定的，可能它有些喜欢你吧……英姿把意志转移到狗身上。

喜欢我什么呢？

谁知道？它可能自己都搞不清楚……只要，喜欢谁讨厌谁它自己心里有数就行了……英姿的眼色带着些涩意流转起来，冬生受到了鼓励，讲话越发大胆起来。

我经常过来，可能它……和你都有些烦了吧？

怎么会呢？平常上门的人很少，就是有，狗也不会让他进来的……算了，咱们不说了……谢谢你开的药……希望吃了你的药会有点效果……英姿有了送客的意思，冬生只得起身走了，临走前他回头看了看，英姿的一双眼睛亮亮的也正盯着自己，好像只这一眼，就什么都通了。

15.“水鸭一只，冬虫草12克；鸭去毛及内脏，纳入虫草，搁水炖熟；每日一剂，食鸭饮汤。主治阴虚火旺型阳痿。”

“肉苁蓉20克，羊腰1对；以上2味加水适量，煎煮至羊腰熟透；每日一剂，食羊腰饮汤。主治命门火衰型阳痿。”

“新鲜虾（海虾、河虾均可）100克，米酒500毫升；将虾放入米酒浸5~10分钟，炒熟调味即成；每日一剂，温热服食。主治心脾两虚型阳痿。”

“玉米须40克，蚌肉100克；以上2味加水适量，炖至蚌肉熟烂即成；每日1剂，食肉饮汤。主治湿热下注型阳痿。”

“乌龟1只，沙参60克，冬虫草10克；将乌龟去内脏，连甲与后2味炖至龟熟、汤稠；隔日1剂，食龟肉饮汤。主治各类型阳痿。”

“泥鳅400克，大枣6枚，生姜2片；将泥鳅洗净除去肠杂，加枣、姜煮熟即成；每日2次，温热服食。主治各类型阳痿。”

挑了个没人的时候，冬生把一张抄得密密麻麻的纸头悄悄递给王村主任。

王村主任很意外，好像他压根就没想到冬生会当真去帮他找方子，或者，他甚至都忘了他曾跟冬生说过他患有阳痿的事，总之，他感到吃惊极了，几乎是有些生气地大声说：你这是干什么？我要这个干什么？

冬生比他更吃惊了，本来，他以为会得到王志高感激无言的一瞥：这个，您上次，上次不是说过，说过您那个事……冬生急得都有些结巴了。

哦，哦——你瞧我这记性儿……你这孩子，真是个实在人儿，这叫我怎么谢你呢……王志高摸摸脑袋做出恍然大悟的样子，迟来的感激显得夸张而又做作。

王志高随手把方子塞进口袋，准备走了，又停下来。哦，对了，小陈医生，我正好想起一件事儿……也是关心关心你的终身大事，听说，你谈了一个女朋友？是以前的女同学？

嗯，是认识一个，不过，也谈不上是……冬生觉得自己有些没良心，都跟小莲那样了，为什么还不肯对别人承认？

是叫沈小莲吧？村主任看来真是很关心自己，连名字都摸清了。

是的，叫沈小莲。

沈小莲，哦，沈小莲，很好，“东坝一枝花”配我们的著名医生，很好，很好。王志高若有所思地重复着，然后接着问，你们准备什么时候结婚呀？

这个，这个，八字还没一撇呢。冬生仍在竭力推托，好像生怕村主任这会儿就要让他跟小莲结婚似的。

冬生啊，有句话不知当讲不当讲，有人哪，向我反映，听说呢，你跟那个叫沈小莲的，咳，已经那个了，所以说呢……

冬生的脸涨得通红，觉得脸都不知往哪儿放了。怎么回事？都传到村主任这儿了，看来这在东坝已经是无人不晓了，为什么自己跟小莲的任何一件事情都人人皆知……

所以说呢，要对得起人家，一个姑娘家，不容易的……啊，我就说到这里，你心中有数就行……早点把事给办了，结婚证明我给你打……你们结婚，我去给你们主婚。

16. 王村主任前脚走，冬生后脚就到小莲家去了。王村主任的话给了他一种紧迫感：应该早点把小莲的事给解决了。

现在看起来，小莲真是有些可怜的，她对堕胎这件事显然是一无所知，因此对冬生的任何建议几乎都言听计从：买红糖、多备些卫生纸、准备一条厚的扎头巾等等。小莲心中当然是害怕的，但她没有别的办法，只能强撑着一样一件地去悄悄准备。

冬生的母亲也许意识到了什么，但是她并未就此帮小莲任何忙，相反，却变得更冷淡了些，好像小莲的身价因为这件事掉下来了似的；或者，知道小莲已经成了陈家事实上的媳妇了，她可以提前端起婆婆的架子。

第二天晚上，跟院长亲戚约好的时间虽是晚上八点，生怕路上耽误的时间太长，冬生在六点多就用永久 28 驮着小莲往镇上赶。细想起来，这还是冬生第一次带着小莲在外面露面呢，他们的全部交往就一直在室内。

凉爽的风带着早熟的稻香一阵阵地吹到脸上，让人觉得惬意、轻松。夏天天黑得迟，路上碰到不少熟人，他们笑眯眯地盯着冬生和后座的小莲，那种眼神是亲切、满意乃至有些祝福的。

小莲坐在车子后面一声不响，不知在想些什么；冬生现在却已经有了些错觉了，好像他今晚不是带小莲去堕胎，而是像人们所误解的那样，他们到镇上去玩，去看电影，去逛街，去谈恋爱。这么快乐平静的一个夜晚，怎么可能去做别的事情呢？

然而镇卫生院眼看着就到眼前了。冬生支住车子，小莲有些迟迟疑疑地下了车，一双脚不敢再向前迈出半步。冬生心中莫名地一软，嘴里不听使唤地说：放心，别怕。等你身体一恢复，我就到你家去提亲。

这本是好话呀，小莲听了却哭起来了，呜呜呜的，好像委屈极了、痛苦极了。冬生有些不明白了，却也没时间再纠缠。院长亲戚已经从门口迎出来了。他身后站着一个人，穿着白大褂，戴着大口罩，看样子今晚就是这个人给小莲做手术了。

冬生迎上去，刚要跟那人打招呼，却突然噤了口。原来这人是梅云。梅云显然也认出了他，她很短地愣了一下，然后推推院长亲戚：嘿，刚才还不肯说是谁，早说是小陈医生嘛，还要你出什么头？

她的口气似乎若无其事，但她从口罩上方用力地盯了冬生一眼，这一眼，内容很复杂，却又说不出具体是什么意思。

冬生心中一乱，不由得有些为小莲担心起来，后者正像树叶子一样紧紧地贴着他的胳膊，冬生赶紧堆出些笑脸，带着恭维的口气：麻烦你啦？梅云……你……连这个也会？

也不叫会啦，胆子大而已……你要不放心，白天来嘛……梅云撇撇嘴，并不领情。她飞快地套上护袖，又在产床上垫上新的一块布垫，然后对冬生说：怎么，你不出去？这个手术也准备学？

冬生只得出去了。刚到外面一会儿，就听得小莲在里面一阵惨叫，直听得冬生冒出一身冷汗。

接下来的几分钟就更加难挨了，院长亲戚看不过，点上烟递给冬生，还装模作样地拍拍他的肩膀。冬生接过烟，想也不想地嘬起嘴就吸，直呛得咳嗽起来，却觉得心中舒服许多，原来抽烟是这么回事！冬生摇摇头，有滋有味地就开始了他吸烟史中的第一根香烟。

一支烟还没抽完呢，梅云出来了，手上可能刚刚洗过，还滴着水，她一边甩手一边冷笑着说：小陈啊，看不出来，你种子都撒下快三个月了，再迟来几天，我也帮不了你了。

什么？冬生在心里低低地喊了一句，飞快地回忆起来，他认识小莲，总共也不过才两个月吧，而那件事，更是三个星期之前……

冬生走进去，小莲还蜷着身子迷迷糊糊地躺在床上呢。梅云从口袋里掏出两张一百块放到冬生手上：拿去，我还会收你的钱吗？

怎么，他就给你200块？

行了，别问那么多，这种事你总是得花点钱的是不是？回去再给她服点益母膏和消炎片，这个不用我说吧……

梅云透过口罩对着冬生笑笑。看样子，她现在不生他的气了。也可能，不生气是表明她根本不在乎自己了。

你后来……是不是跟小余……冬生忍不住问一句。

好了，现在问这个有什么意思呢？赶紧照顾好她要紧……梅云在口罩上面的眼睛看上去像蒙了一层纱，冬生怎么也看不清楚。

冬生忽然觉得特别委屈特别绝望，真想一头扑到梅云怀里无知无觉地哭上一场……

回去的路上，冬生一直推着自行车。

干吗不骑呢？小莲坐在后座上有些怯怯地问。

怕你颠得疼。

那得走多久呀。

没事，走一夜都没关系。

你对我怎么这么好……不知为何，小莲又哭起来，好像她预感到冬生对她的好是不真实和不长久的。

你知道我为什么对你好？

……

因为我想听你说句实话。

什么实话？

是谁的？

……

我不想怪你，我只想听句实话。那孩子是谁的？

……

谁的？

你刚才……做手术之前，说的话还作不作数？

作数。我会到你家提亲。但是，告诉我，他是谁？

我不敢说出他的名字……他说，如果我说出他是谁，他会一直缠着我，哪怕我结了婚嫁了人……反正，你跟他经常见面的……

为什么一开始不告诉我……

这……这是他的意思……他说只要跟你好上了，什么都不用说，所有的问题就都解决了……小莲哭得直不起腰。

这么说，你是为了解决这件事才来找我的？

不是的……你可能不相信，我很喜欢你……一开始我是没办法，可后来我是真心的，可是我知道这没什么用了，一切都迟了……小莲哭得更绝望了。其实，我真的希望我什么事情都没有，那样，说不定你还会有点喜欢我，我们，一定会圆圆满满、高高兴兴的……

17. 那晚，把小莲送到家中已经快 11 点了。整个东坝像个沉睡中的婴儿般悄无声息，月色洒满肩头，像是一匹上好的绸缎，好像伸出手去，就能握住一把月光，或者，可以抓住月光的下端，一直往上爬，直到寂静清凉的蓝色苍穹……

冬生心乱如麻。小莲的欺骗其实并不令他吃惊，这样就对了，以前的一些悬在半空中的疑问才有了可以相信的解释……只是，到底是谁想出了这样一个聪明的办法呀？他就那么笃定地知道我是个什么经验都没有的大傻子！会信以为真地把黑锅往身上一背，然后到处求人帮小莲去掉那杂种，到最后，还忠心不贰地把她娶回家……嘀嘀，这是谁呀，真是太了解我了……

小莲说什么“跟你经常见面的”？不用说，看来八成是邹虎了，这个狗杂种，他为什么要这样对待我呀？他还口口声声地喊我兄弟呢……好了，你不仁我也不义，从现在开始，从这一秒钟开始，英姿那里，我不会再替你掩着藏着了……

冬生不想回家，就是回去了肯定也睡不着，会像英姿那样一直瞪着眼到天大亮。他把自行车悄悄地送到家门口。然后重新走到光滑滑的月色下，在睡着了的东坝村里头转来转去。七组、八组、一组、二组……现在离家越来越远啦，不知为何，快走到三组的时候，冬生的脚突然迈不动了，好像一整个晚上的疲惫、痛苦和仇恨全部爆发出来，一下子把他击倒了似的。真想找张床马上就躺下来呀，最好还能有一个怀抱，那么温和亲切地抱住自己……

像是有绳子在拉着两只脚似的，冬生开始往英姿家走了。月色中看上去，英姿家的屋子带着深蓝色的阴影，像是童话故事里的小小庄园。冬生像在梦游似的继续往她家走去，头脑里却非常矛盾地想：那只狗呢，它怎么不叫啦？它要是叫一声，我马上就走……

刚刚走到英姿家的屯子上，低低地咳嗽了一声，还没准备开口，门就无声无息地打开一条缝。冬生吃惊极了，英姿的门这么容易开？

英姿让他进来了，冬生这才发现她穿得整整齐齐的。

你怎么没睡？

我知道你在村子里乱走……我知道是你……

怎么可能？

说了你一定不会相信，一到晚上，我的耳朵就特别灵，可能小青的耳朵全让我给占了，远远的轻轻的脚步声我都能听得清清楚楚，简直比我们家的狗还灵……刚才，我和狗一起听到脚步声了，我们听到有人从二组那个方向慢慢走过来，越来越近……可是狗却不叫，它只是竖起耳朵仔细地听……你说，这不是你是谁？所以，我连忙穿衣起来等你呢……

冬生心头一阵子颤动，不知该说什么才好。

小陈医生，你有心事？英姿的声音那么柔和，简直比外面的月光还要光滑，令人沉醉，屋里没灯，她的眼睛在暗里一闪一闪的，把冬生的心弄得紧紧的。

不，也没什么……你这样老睡不着怎么办呢？冬生并不想提到自己的那些肮脏的破事，那样简直就浪费了跟英姿待在一起的时间。

没办法，睡不着就是睡不着……哦，对了，你上次，说到，还有别的什么方子？

是的……我给你带过来了。冬生慢慢吞吞地小声说，这句话好像没有经过他的大脑，他都不知怎的一下子就说出来了。

真的，什么方子？英姿继续问，看上去真的一无所知，这使她看上去更加令人怦然心动。

是我。冬生用更小的声音说。然后，他低下头去，不敢再看英姿。

因为困倦和激动，冬生似乎对时间失去了应有的判断。也许只过了一小会儿，也许过了较长的时间，总之，冬生忽然感到有一双柔软的手轻轻地停在自己的头上，然后，他听见她用听不见的声音说：好的，小陈医生，让我试试你的方子。

18. 夏天，是痢疾的高峰，剩饭剩菜发了馊，东坝人却舍不得扔掉，还是放到锅里烧开了囫囵吃掉。这段时间，冬生是忙得要命，可是他的心情反而平静下来。小莲那里，反正心照不宣，偶尔走动走动，维持表面上的联系，只是双方都没有再提到求亲订婚的事；英姿的失眠时好时坏，这要决定她是否服用了冬生新介绍的“方子”，英姿是个很好的女人，在英姿这里，冬生终于摆脱了第一次在小莲那里获得的匆忙、被动的经验及萦绕不去的罪恶感，他终于完整而清晰地看到了那个他曾经一无所知的世界，女人的身体呀，真是个无边无际、深邃悠长的通道啊，进去了就像进入了一个极乐的会飞行的、像月光那样皎洁温暖的天地……

但心情就像天气似的，不可能一直都那么好下去的，邹虎就像一块乌云，说飘也就飘到了头顶上。最奇怪的是，邹虎看上去竟然比冬生还要愤怒，他一进门就骂开了。

好小子，我这里三绕四绕还没摸到边哩，你招呼都不打一个倒登门入室了！我在英姿家后面整整盯了一个星期，倒有三天夜里发现你从门缝里溜进去！亏得我还把你当朋友看，你一个走村串户的赤脚医生，全村的姑娘媳妇你都可以掀起被窝从上摸到下，独独要蹚我这浑水干什么？

由于小莲的事情，冬生本来就没打算再和邹虎做朋友，但也不想脸上撕开来难看，邹虎这一通叫，倒把他心里的气给惹了出来：姓邹的，你倒拍拍良心想想，你把我当什么了？你把别人玩腻了推到我怀里，把我当大傻子在耍呢，我就索性傻到底算了！傻子也可以耍别人一回吧？

你说什么呢？邹虎气得脖子上的筋跳出老高，谁玩谁了？老实告诉你，老子到现在还是童男子一个哩，谁像你呀，打量谁不知道呢？悄悄地把小莲肚子搞大了不说，又大模大样地跟英姿搭上……冬生，我真想不到，你的那种一窍不通的老实样原来都是假装的，你骗我有什么骗头……

你是童男子？冬生从鼻子里哼出一股气，但语气里却有些心虚起来。

当然是!! 我不是想在英姿身上突破的吗？现在好了，你捷足先登，还有我什么份儿呀？唉，冬生，你跟小莲不挺好的吗？那也是咱东坝一枝花，一个你还不够是怎么的？

可是……可是，小莲她早……跟别人那个了，肚子里的那个孩子，不是我的……我本来……还以为是你干的好事呢？毕竟，承认自己戴了顶明晃晃的绿帽子并不那么容易，冬生说话又不利索起来。

真的？我的妈呀，你还真够曲折的！兄弟，我可以向你发誓，我绝对没有干过任何对不起你的事！邹虎不像刚来时那样气势汹汹了，也许，冬生的不幸软化、消减了他的怒气。来，一件事一件事地解决，我先来帮你想想，到底是哪个王八蛋给你下这样毒的药……

你真以为你会知道？冬生有气无力地问。

这事小莲怎么跟你说哩？邹虎像个侦探似的，一下子找到问题的要害。

只是说，那人经常跟我见面的……我跟谁经常见面，除了我妈不就是你……冬生多少有些委屈地说。

经常跟你见面？邹虎若有所思地重复着，经常跟你见面？那我知道了，我知道是谁了，怪不得小莲不肯说哩……

我知道你说的是谁，我也想过了，但绝对不可能。

不可能？简直太可能了！你知道村里人都怎么说他的吧？但凡有些姿色的……

不可能，真的不可能！你不了解具体情况，他真的不可能……

得了，你别傻了……你想，光凭小莲，她怎么会突然想到要黏到你身上？我多少有些了解她，她的脸皮还没这么厚，心也没有这么损……这绝对是那老王八蛋的主意……

冬生被邹虎讲得有些犯迷糊，难道说，王志高他早就安排好小莲跟我的关系了，之所以跑到自己面前来假装说他是阳痿，只是为了打消我可能会产生的怀疑，要真是那样，自己他妈的不就是一个大傻子吗！还颠儿颠儿地去帮他找方子，密密麻麻一字一句地抄了一整张纸，真他妈是个大傻子呀……

好了，别犯愣了，告诉你，你要挺住，坚决不要给他擦屁股，真去跟小莲结婚，等小莲急了，她就会把他给咬出来，看到时，他怎么收场……

可是我答应了跟她家提亲的……

答应了算个什么屌！她心里没数？行了，只要你不跟她结婚，你不还是占了她一个便宜嘛……来，说说我的事儿吧，你说我怎么办？

你说怎么办就怎么办吧……冬生觉得脑子不够用。

我早想好了一个主意，哪天，你想办法，给英姿家那只该死的狗吃点安眠药什么的，然后把你的药箱啊衣服啊什么的，都给我套上，再把你们平常的习惯、方式什么的都告诉我，黑灯瞎火的，就让我冒充你一回嘛，你都那么多次了，我哪怕就来一回也甘心呀，完事儿我掉头就走决不纠缠……英姿嘛，我估计她也不会声张的，她闹了人家只会看她的笑话……你看怎么样？

冬生气得牙齿咯咯作响，却强按捺住怒气假意问邹虎：凭什么我要答应你呢？

很简单呀，现在全村就我一人知道你跟英姿的事……你要不答应我呢，我就到镇上告你破坏军婚，她男人可是在为祖国站岗……我最近才明白，为什么那么多人都想她却不敢碰她，不仅仅是狗的原因，最主要是因为她是军属……你可犯了大忌了……

你！邹虎，你干吗这么毒呀，我看你跟王志高也不相上下！

行了，男人之间，有些话不要说得那么明白了，不管是小莲还是英姿，我或者都不会跟她们结婚，那她们算什么，不就是咱们的一件可爱的小衣服吗？王志高穿一下子，你穿一下子，我穿一下子，甚至别的什么人穿一下子，有什么分别呢？你怎么那么死脑筋呢……

19. 总的来说，邹虎说话是算数的，他冒充过一次以后就再也没有提出过类似的要求。那一夜的情况看来是令他满意的，邹虎后来见了冬生，不顾冬生苍白的脸色，大大咧咧、翻来覆去地感叹：你小子艳福不浅，英姿那肉那奶子真没的说的……

她没有发现？冬生听了心都堵起来，不敢相信英姿真的就会接受他。

怎么可能？我一上床她就发现了，她马上跳起来抽了我两个耳光，然后枕头下摸出一把大剪刀，可是你想，她哪是我的对手？我一边气喘喘地跟她斗，一边做她的思想工作：行行好吧，我的好嫂子，冬生他都帮了我，你干吗不帮到底呢？你家那狗这次为什么不叫哩，就是他白天偷偷给它喂了瞌睡药哩，刚才，也是他，一直送我走到你家门口呢……真是怪了，也真是灵，她好像还挺在意你呢，听到这话，她突然静了下来，然后一下子主动脱掉上面和下面的衣服，像发狠似的对我说：那好，既然这样，冬生都乐意了，那也好，我今天让你乐个够……哎呀，妈呀，真没想到英姿会那么好，一招一式地仔细教我，变着花样带着我疯，反正那狗睡得跟死了似的，小青又是个听不见的……这一晚上，真没的说的，我一直搞到天快亮了才走，兄弟，你艳福不浅呀绝对艳福不浅……

冬生瞪着两只眼盯着邹虎，既想上去堵住邹虎的嘴，可是又有着可怕的好奇心，想仔细听听，他们那一晚到底是怎么过的……邹虎在那里眉飞色舞着，直叹冬生有福，冬生却把头慢慢低下来，都快要垂到裤裆里了，他明白，今后是不可能再去英姿家了，她不可能原谅自己，自己更不可能原谅自己……

兄弟，你能让我享到这次福，我心里有数，王志高那里，我会想办法帮你治他。总之，到最后，帮你甩掉小莲，她当初还不肯让我亲嘴子呢，现在好了，叫她人都嫁不掉……

接下来的秋天就显得有些瑟瑟的了，冬生好像又重新回到了从前那种没着没落的感觉。前一次的聚会是院长亲戚做东，因为心中难受，冬生又自灌自地喝多了，喝多了也就罢了，还说多了，举着稻花香直对院长亲戚点头：你厉害，你真厉害，我给你800块，你只花200块钱就让梅云把我的难事给解决了，我服你……院长亲戚的脸色马上就变了，退伍兵连忙扑过来抢过冬生的酒瓶，骂他黄尿喝得太多，然后拍着两个人的肩膀打圆场：酒后话是放屁话，千万不要往心里去……都是赤脚医生，要互相关照的，这样子，小陈，下次吃酒免你做东好了，我来替你，我来替你……

唯有一件事情让冬生觉得有些淡淡的高兴，这个好消息还是邹虎带给他的。那天，邹虎带着一脸的得意跑上门来：冬生，我替你点了那王八蛋的死穴呢！昨天在五组吃酒，他背着人悄悄跟我打听你跟小莲的婚事，看样子他是有些急了，我装着很吃惊的样子：哦，村主任你不知道呀！小莲肚子里有种了，冬生又说孩子不是他的，正准备请人用新技术，那个叫什么的，哦，对了，叫 DNA 的去测定呢……他当时一听脸色就变了，却又连忙掩饰着说：哎呀，这样子叫小莲的脸往哪里放呢……冬生，我替你射了他一箭了，这下子，你可以明着拒绝小莲了，他不是主意多吗？让小莲再找他想办法去……

可是，小莲，她……冬生又觉得小莲太可怜了。

你呀，就是想不通，一件衣服旧了，你也这么婆婆妈妈的吗？现在是她在算计你呢，你还可怜她！

也许王志高很快就跟小莲通过气了，小莲现在基本上已经不到冬生家了，偶尔碰到，她也有些心不在焉的，似乎又在想别的问题。有一次冬生实在忍不住，假装以一个赤脚医生的身份委婉地问了一下：你父母最近身体还好吧，要不要我什么时候去看看？

算了，你也挺忙的……那件事，我看不要再提了，我早就想明白了……说实话，我从前还是很骄傲的……就是现在这样，我也不想委屈了自己，就算你愿意，真要嫁到你们家，你妈妈那一关我也是忍不下去的……小莲的脸上现出几分要强来：女人又不是就嫁人一条路，过了年，我准备到省城去，听说那里招服务员什么都要漂亮的，我相信我能找到个好工作，哪怕做保姆做苦工，总比在东坝被人嚼舌头强一万倍……

20. 因为天气冷了，万老头的哮喘发作得更频繁了，看他那个样子，可能很难挨过冬天。冬生心中替他难过，有时候，看一个病人久了，好像都有些感情了，同时，私底里也替自己觉得黯然：这个万老头家，离英姿家几乎只隔两条田埂，万老头一走，怕是再也没法离她这么近了……

这天，冬生正替万老头打止喘的吗啡灵呢，突然有人推门进来找他。万老太连忙介绍说：这是英姿家男人。

冬生心中有些跳起来，奇怪她男人怎么突然回来了。王想着，英姿男人却很热情地上来握了手，说谢谢小陈医生对儿子小青的关心等。最后他又说：难得回来一趟，为了谢谢四党乡邻，最近要请一次客，到时小陈医生一定要赏脸光临。

陈冬生有些拿不定主意，不知该不该吃这顿饭，去问邹虎的主意，邹虎哈哈大笑起来：去，当然去，你放心，她男人木得很，什么事都往好里想，啥都不知道的……他也请了王村主任及我爹，但我爹那天要到镇上去开会，我替他去喝酒啦，你一定去，我们哥俩正好喝喝酒呢……

冬生其实也有些想念英姿的模样，横横心想，不如就去吧，大不了被那当兵的打一顿，反正有那么多人，虽然丢脸，料也打不死我的……

英姿男人一共请了两桌，一桌是英姿在三组的近邻好友，一桌是村上有头有脸的村干部：村主任、副村主任、村会计（他儿子代了）、赤脚医生、妇女主任、棉花收购站站长、三组组长等等。酒菜比东坝寻常人家的要稍稍精致些，特别是英姿男人从岛上带回的海鱼干，跟豆腐、草鸡蛋、青菜帮子一起烩成大三鲜，真是很好吃。英姿一直在厨房忙着，只是她男人在两个桌子上四处敬酒称谢。直到最后饭上来，英姿才到房里换了一身干净的衣服出来敬酒。

冬生握住了杯子，混在众人里盯着她看。英姿的脸色今天很好，表情也没有任何异样，冬生有些无耻地想：男人回来了，她的失眠症是再也发不了的啦，只怕夜里还不够睡呢……两桌的人都开始起哄，叫英姿连敬三杯，英姿双颊有些发红，并不推辞，果然一口气喝了三杯，眼睛却不看桌上的任何人。她男人显然也有些意外，却也不便阻挡，连忙高声宣布：今天请各位父老乡亲过来小坐，除了表示感谢，还要拜托大家伙儿一件事情……咱们海岛上厨房里新缺个做饭的人，由于我家小青的身体不好，领导特别照顾我，同意让英姿到海岛上做饭，还同意让我们再生一个二胎……这次回来，就要把英姿和小青带走了，我们走了之后，这家中的三间瓦屋，还要托邻里们帮忙照看，我们原来的三亩地，先交到村上，请王村主任和邹会计合计……

冬生急着用眼睛去看英姿，她却若无其事地低下头去，给小青搛菜、冬生一直那么死盯着，终于等到她抬起头，却仍是不看自己，就像这桌上完全没坐着自己……

村主任王志高拿出他参加会议的经验带头鼓起掌来，一群左邻右舍觉得新鲜，于是更加起劲地随之附和。在掌声中，王村主任提议大伙儿为英姿一家的团聚干一杯，一阵叮当作响；王志高真不愧为村主任，随后，他又提议借英姿家的酒为赤脚医生干一杯，他爽朗地大笑着说：谁家不吃五谷杂粮，谁家不得求咱小陈医生，包括我这个小村主任，头一个，都得让他三分！说完，他一仰脖子喝了。

冬生有些错愕，邹虎却悄悄地朝他直使眼色，意思是村主任大人在公开向你赔礼呢。冬生心中明白过来，加上大家也都在盯着自己呢，连忙举起杯子“咕咚”一声也下了口，大家一起叫好。接下来，就是相互敬酒，大概是受了王村主任的启发和引导，几乎每个人都前前后后地举了杯子来敬小陈医生，冬生今天可真是爽快，来者不拒，照单全收，然后再逐个儿地回敬……

当他都记不清喝到第几杯的时候，模模糊糊总觉得还差一个人没敬自己酒呢，他端起杯子，抬起眼皮满屋子地找人：咦，英姿呢，英姿呢，怎么不来喝一杯……恍惚中，看到英姿果真拿着小酒杯站到面前，冬生胸中一阵翻滚，似有千言万语，刚想开口，却发现邹虎在桌子底下拼命地踩自己的脚呢，冬生疼得差点没叫出来，索性醉哼哼地一直把杯子举到头顶，然后用喝红了的眼睛直盯着桌子：对不住哟，对不住哟……我真的对不住哟……

一桌的人都嬉笑起来：哟，小陈医生喝多了，邹虎，你别再灌了……

王村主任也喝得不少，却又喊英姿男人再拿一瓶酒过来，他拉着冬生和邹虎，称兄道弟地说非要喝个哥仨好……

你都跟我喝过了，为什么还要喝呀？咱们两不欠、互不搭界……冬生看来真醉得不轻，怎么能对村主任这么说话呢？

王村主任现在也不知道生气了，自顾自先把一瓶酒分成三大杯：不要说那么多，一个村子，怎么可能不搭界……男人嘛，只管喝，一口闷，交情深，来来，喝！我可看准了，小陈，你这小娃儿有气度，将来呀，会有你一番成就呢，我准会帮衬着的，你放心……

酒精在心里烧得火似的，村主任这话说得可真漂亮，弄得冬生也莫名其妙地高兴起来，并提议，那好，一起喝杯酒，一起唱支歌……

唱什么呢？我会的歌可不多……邹虎笑眯眯地问，他现在觉得冬生真的成熟了，这个朋友，交得不错。

嗯，就唱，唱我们小时候学过的，很简单的，邹虎你一定会，王村主任嘛我来教：找找，找朋友，找到一个好朋友，敬个礼，喝杯酒，你是我的好朋友……冬生放开嗓门唱起来，连什么也听不见的小青都抬起了头看他。